随笔

京都四月

あとの祭り　親友はいますか

［日］**渡边淳一** 著

侯为 译

青岛出版集团｜青岛出版社

图书在版编目（ＣＩＰ）数据

京都四月 /（日）渡边淳一著；侯为译 . — 青岛：青岛出版社，2022.6
ISBN 978-7-5736-0287-9

Ⅰ . ①京… Ⅱ . ①渡… ②侯… Ⅲ . ①随笔—作品集—日本—现代
Ⅳ . ① I313.65

中国版本图书馆 CIP 数据核字 (2022) 第 088811 号

书　　名	JINGDU SI YUE 京都四月	
著　　者	［日］渡边淳一	
译　　者	侯　为	
出版发行	青岛出版社 (青岛市崂山区海尔路 182 号 ,266061)	
本社网址	http://www.qdpub.com	
邮购电话	（0532）68068091	
策　　划	刘　咏　杨成舜	
责任编辑	曹红星	
封面设计	光合时代	
照　　排	青岛新华出版照排有限公司	
印　　刷	青岛双星华信印刷有限公司	
出版日期	2022 年 6 月第 1 版　2022 年 6 月第 1 次印刷	
开　　本	大 32 开 (890mm × 1240mm)	
印　　张	5.75	
字　　数	100 千	
书　　号	ISBN 978-7-5736-0287-9	
定　　价	39.00 元	

编校印装质量、盗版监督服务电话　4006532017　0532-68068050
上架建议：日本文学・畅销・随笔

目　录

出云、隐岐之旅(一)

迄今为止,我已去过足摺岬和龙飞岬,巡游海岬的第三站是隐岐的白岛崎。

话虽如此,倒也并非有什么特殊理由。

在樱花盛期也已过去的四月末,当我有意无意地观望日本地图时,突然想去看看岛根县附近海面漂浮的隐岐岛了。

于是,在黄金周即将到来之际,我仓促决定立刻出发。

前往隐岐的方式很多,我打算先从羽田机场飞往出云市。

不过,夜间航班晚点,到达出云机场已是8点半。而且,当我离开机场到达出云市内进酒店时已过9点钟。

这么晚了还能找到吃饭的地方吗? 我正在发愁,当地人告诉我,在出云市火车站附近有家名叫"粹"的和食料理店。

我立即与同行的M君和Y君赶去。这家料理店小巧别致，榻榻米中央的餐桌下还有能伸进腿脚的坑式被炉。

因为肚子有些饿，所以我们马上点了餐。最先端上桌的是生鱼片，其中有金枪鱼、真鲷、鰤鱼、障泥乌贼等等，相当丰盛，新鲜度高且甜味足。

鲜鱼肉本来就应有甜味，如果没有就说明鲜度不够。

日本料理都是越改良加工越不好吃，不知人们是否了解这一点，反正那些价高味差的所谓"创作料理"正在东京到处横行。

与之相比，这里的美味真不愧是日本海所特有的鱼鲜。

另外，我们还品尝了盐烤红鲈鱼、干炸牛蒡、蒜蓉蚬贝等。最后端上桌的是出云荞面条。

这又是一道特色美味，荞麦面香十足，面条口感爽滑。此次来出云真是不虚此行，满足之余略感遗憾的是没有荞面汤。

虽说如此，这与返程中在机场吃的荞面相比仍是天壤之别。

既然来到出云，出云大社不可不去。

我虽已去过两次，但此行还要再去一趟。

恰逢眼下平成正举行"大迁宫"活动，神体（祭祀物）被移送至楼门前的"御假殿"（临时神殿）。这是时隔59年再次公开正殿的一部分。

众多游客得知消息后赶来参观。这座正殿是所谓"大社造"样式，重建于延享元年（1744）。据说，最初的正殿相当于它的数倍之巨。

实际上，该神社的正殿自古以来就以其规模恢宏闻名于世。据说，最初的正殿高度达53米，而现存正殿高度约为27米。建筑样式为悬山式柏树皮盖顶，屋脊缓缓翘起。

总而言之，现存正殿高度约为前身的一半。据说虽想恢复原建筑的规模，但根本找不到做支柱的巨大木材。另外，此次虽号称"迁宫"，但主要是更换顶部的柏树皮，这居然需要18亿日元资金。

那么，现如今安放在御假殿的神体究竟是什么物件呢？

我这样询问陪同人士，得到的回答是"我没见过，所以不知道"。

究竟是古镜、古剑，还是遗骨？所有人都秘而不宣，令人感到匪夷所思、神秘莫测、庄严神圣。

既然来到出云大社，日御碕当然也是必去的景点。

从出云大社出发，眺望着景色优美的里亚斯型海岸，北上十几分钟后就来到了日御碕。

在岬角挺立着一座洁白的石造灯塔，以四十余米的高度俯视着湛蓝的大海。

虽然这座灯塔可以付费登顶，但这回我选择放弃。

这一带是大山隐岐国立公园的一角，远处的隐岐岛仿佛正在召唤"快来吧"。

在岬角左侧有座岩层重叠形如经书的经岛，也是著名的海猫繁殖地。仔细凝听，那边隐约传来了几声海猫的叫声。

这个日御碕的"碕"字，可能常常用在礁岩巨石特别多的地方。这里周围都是断崖绝壁。

虽有恐高症却爱看断崖的M君朝下方张望。尽管他身体相当肥胖，但从这里跳下去也许不会触到崖壁而是直入海中。

出云、隐岐之旅（二）

在出发去隐岐时我才了解到，隐岐主要有4座岛屿。

我事先做功课不够，原以为隐岐就是一整个岛，真是大错特错。据说如果连小岛都算上就超过180座了。

这隐岐群岛位于岛根半岛北方约50公里处，现隶属于岛根县隐岐郡，通常称作隐岐岛。

该岛历史悠久，在绳纹时代就已有人类居住。从考古发掘出的石器和陶器可以了解到，这里与日本本土的交流也曾相当活跃。特别是隐岐岛的特产黑曜石，不仅被运到本土各地，还被运往朝鲜。

此外，隐岐群岛在古代被称作隐岐国，以前以犯人流放岛而闻名。

曾被流放此岛的有小野篁、藤原千晴、平致赖、源义亲、佐佐木广纲、后醍醐天皇、飞鸟井雅贤等。

在这4座岛屿中,最大的是位于隐岐东北方的岛后岛。由于它的位置比其他岛离本土更远,所以被称为岛后。与其相反,距本土较近并相对集中的西之岛、中之岛、知夫里岛合称为岛前。

我此行最先去的是岛后,从出云机场即可乘机前往。

从出云机场起飞后,我陶醉地观赏着湛蓝的日本海,只用20分钟就到达隐岐机场,但尚未体会到登上海岛的真实感觉。

从机场乘车沿海边行驶抵达岛后最大海港西乡港并看到白色游轮时,我才有了登岛的实际感觉。

港湾里停靠着来自本土的境港、七类等地的高速旅游客船。

岛后在隐岐群岛中最大,人口为一万六千,地势大致为圆形。在方圆151平方公里内,凝缩了为数众多的历史遗迹和形态特异的自然风貌。

我先在港口眺望被恬静的群岛拥绕的海面,并在隐岐自然馆聆听关于在各岛栖息的生物和自然环境的解说,然后前往玉若醋命神社。这是一座被当成隐岐"总社"而创建的古老神社。

在岛内平坦的地块可以种植水稻,周围海域的渔产也相当丰富,所以这里自古以来生活自给自足。

这里还有一棵名叫"八百杉"的巨大杉树,高约30米,根部周长可达20米。据说这棵古杉的树龄已超过两千年。

在岛后,除此之外还有被命名为"乳房杉""蔓菁杉"的巨树。尤其是"乳房杉"具有压倒性的存在感,站在树下就觉得会被从枝干垂吊的巨瘤压扁。

我离开玉若醋命神社北上,只用10分钟就到达隐岐国分寺遗址和后醍醐天皇的行宫遗址。

这座国分寺出现在该寺僧人赖源所著《赖源文书》中,而赖源曾侍奉过后醍醐天皇。该书的内容表明,祈愿倒幕和王政复古的祷告文就是在这座国分寺里赐予的。

但是,这是在编纂于明治末期的县史中记载的事件,而关键的国分寺遗址却在去年因火灾烧毁,焦黑痕迹仍历历在目,行宫遗址里也已无任何残留。

后醍醐天皇果真在这里居住过吗?对此提出疑问的人也不在少数。

从国分寺遗址一路向北,经过30分钟即来到海岸边。

这里是隐岐的最北端,途中山路旁盛开着无数形如小小船锚的白花，将广阔海景陪衬得更加多姿多彩。

沿这条山路前行，站在岬角尽头的白岛崎，即可俯瞰散落在海面上的松岛、冲之岛、白岛等小岛。

隐岐岛原本是火山岛，但由于长期的风化和海蚀作用，显露出形态各异的巉岩怪石，造化出诡谲瘆人的景观。

在俯瞰周围小岛的白岛崎树立着朝向各方的箭头状指示牌，上面写有"至金泽295公里""至釜山406公里"等等。

岛后也因"斗牛"而闻名，在西乡就有穹顶状的"哞哞斗牛场"，里面的观众席相当豪华，每年都会举行斗牛大赛。

据说，这里的斗牛赛是为慰问在承久三年（1221）被流放到隐岐的后鸟羽天皇而创始。

不过，后鸟羽天皇是被流放到该岛西南方的海士町，那里倒是有座居所遗址。可他真的来这座岛上看过斗牛吗？

不管怎样讲，后鸟羽天皇在隐岐未遭囚禁，行动自由，倒像是受到了礼遇。

出云、隐岐之旅（三）

万里晴空下，我从岛后乘坐游轮前往岛前海士町中之岛的菱浦港。

航程大约 1 小时，当我到达菱浦港时，立刻体验到一种敞亮感。

不过通常来讲，"あま"这个词的汉字都写作"海女"，可这里为什么是"海士"呢？

我向司机询问。他说因为附近海域潮流速度较快，女性潜水采捞海鲜很危险，所以都由男性来做。

我刚才乘游轮来时海面相当平稳，完全没有感到大海的汹涌澎湃。是不是海底情况有所不同呢？

我们到达后就在港口周围散步游览一番，随即乘出租车前往被流放此地的后鸟羽天皇居所遗址。

后鸟羽天皇退位成为上皇，但因在被流放隐岐前出家，所以准确的称谓应该是"法皇"。不过，由于他既当过天皇也当过上皇和法皇，所以也许称其为"后鸟羽院"最容易理解。

事实上隐岐人就一直这样称呼他。

乘车行驶5分钟后，只见在郁郁葱葱的树林前立着标有"后鸟羽院居所"的石碑。据说后鸟羽院就住在隐岐岛第一古刹源福寺。

从此处向前的通道两侧是资料馆，馆内展有后鸟羽院的画像、遗书、刀剑，以及卷轴装裱的诗歌等。

其中，画像虽已褪色不太清晰，但留在遗书上的手印却硕大而粗壮。据推测，这种体格在那个时代就算相当魁梧高大了。

后鸟羽院为高仓天皇的第四皇子，生于治承四年（1180），从寿永二年（1183）到建久九年（1198）在位。

但是，由于安德天皇与平氏掠走了三神器，作为紧急补救措施，后鸟羽天皇遵照后白河法皇的诏书即位。因此，最初的两年间后鸟羽天皇与安德天皇的在位时间是相重合的。

即使在让位于土御门天皇之后，后鸟羽院仍施行院政（上皇代替天皇执政），在土御门、顺德、仲恭三代前后23年间强化上皇权力,同时对势力有所抬头的镰仓幕府也采取强硬姿态。

在承久三年(1221),上皇发布诏书讨伐当时的掌权者北条义时,并召集武士发动了"承久之乱"。

但是,朝廷军队惨败于长驱直入的幕府大军,上皇被俘并流放到隐岐岛的海士町这里。

上皇虽在此不久前出家成为法皇,但由于他长期把持院政并黜退第一皇子土御门天皇,让自己宠爱的第三皇子顺德天皇即位,其后又扶持其长子继承皇位,招致以众亲王为首的贵族极大不满。

另外,后鸟羽院不顾军力单弱鲁莽地制订倒幕计划,但结果失败了。

此后幕府势力迅速扩张。后鸟羽院在隐岐结束了其59岁的生涯,由于他过度推行独断专权和霸道政策,因此表示同情的声音极少。

虽然后世史学家对其政策也多持批判观点,但后鸟羽天皇在诗歌领域作为中世屈指可数的诗人却享有很高的评价。

据说,后鸟羽院在18岁让位于土御门天皇之后就开始专志于诗歌创作。其后还师从于藤原俊成,并深受藤原定家诗风的影响,创作水平提高很快。

他在建仁元年（1201）恢复了"和歌所"，由此开始了《新古今和歌集》的选编审定。后鸟羽上皇亲自参与了甄选和编辑。

自从来到隐岐之后，后鸟羽院创作了大量诗作，其中一首诗：

> 镇守隐岐岛，吾乃新统领。
>
> 惊涛骇浪风太狂，今后须稳静。

在被流放的初期，后鸟羽院似乎坚信自己还能回归皇都。以上这首诗中就隐含着乐观心态和非凡气概。

但后来，在以下这首诗中就能窥见他对难返皇都的担忧和焦虑：

> 春来百鸟啼，长空碧如洗。
>
> 风和日丽万象新，吾身不由己。

再后来，在以下这首诗中就透出不得不永留孤岛的无奈了：

山脚阴惨惨,田间白茫茫。

村民蹚雪拔青菜,送我裹饥肠。

在隐岐流放者可自由行动。尤其是在幕府监视较为松懈的岛前,后鸟羽院可与岛民极为自然地相见。这从其诗歌中也能窥见端倪。

实际上,岛民们在接触到平素根本无缘见面的后鸟羽院或贵族时非常激动。与此同时,他们无疑还能通过接触京城文化获得很多知识和教养。

虽然隐岐曾被称为流放者之岛,但现如今的隐岐人依然开朗并充满自豪感,其原因或许就在于此。

出云、隐岐之旅（四）

　　我从初夏阳光映照的中之岛（海士町）出发，前往相邻的西之岛别府港。

　　这里从明治初期开始成为离岛航线的停靠港，如今是岛前最大海港，已成为客流和物流的中心。

　　到达别府港后，乘车行驶 15 分钟就到了由良比女神社。

　　这座神社自古以来作为渔业及航海的守护神，凝聚了岛内民众的信仰。而鸟居（牌坊）矗立在海中的形象非常有趣。

　　据传说，当由良比女渡海来到此地时将手浸入海水，墨鱼看到她的美丽姿容就咬住了她。从那以后，墨鱼每年都会为自己的失礼行为赎罪而聚集于此。事实上，每年的 11 月末，狭窄的港湾里满是墨鱼，一派大丰收的景象。

这即使不是"湿手粘粟米"（唾手可得），也是"湿手粘墨鱼"吧。

实际上，这是因为该港湾特别适合墨鱼产卵。而现如今港湾的环境已有所变化，不会再有昔日的墨鱼大丰收。但虽说如此，神社院内依然挂着多张照片，记录了当地人手提大墨鱼的画面。

从此地乘车向东行驶 10 分钟后有座小山丘，这里是后醍醐天皇曾经居住过的黑木御所遗址。

当地人将此山丘称作天皇山，在山顶有座祭祀天皇的黑木神社和一块居住地遗址的石碑。

后醍醐天皇是第 96 代天皇，比流放到相邻的中之岛的后鸟羽天皇晚 14 代，于元弘二年（1332）被流放到这座岛上。他也曾站在这座小山丘上焦急地期待回归皇都的那一天吗？

后醍醐天皇是大觉寺皇统后宇多天皇的第二皇子，于 31 岁时即位。在当时来讲，这是较晚的即位年龄。

而且，在大觉寺皇统内部还有个附加条件，即后醍醐天皇的在位期限只到兄长后二条天皇的遗子邦良亲王成人为止。

但是，天皇对这条规约心怀不满，对做出这项裁定的镰仓幕府愈发反感，于是他精心谋划倒幕计划。

但是，这个计划被"六波罗探题"（幕府派驻京畿机构）察觉，幕府处置了天皇的亲族日野资朝等人，却并未问罪于天皇。

此后，在邦良亲王病死的同时，逼迫天皇退位的压力也日渐增大。元弘元年（1331），后醍醐天皇的第二次倒幕计划因亲信告密而暴露，意识到自身危险的天皇举兵出征，据守笠置山。

但是，天皇被拥有绝对优势兵力的幕府军击败并俘获，第二年被流放到这座西之岛。

又过了一年，后醍醐天皇秘密逃出隐岐，被名和长年等人迎至伯耆国的船上山并起兵倒幕。

幕府派遣足利尊氏讨伐倒幕势力，但足利尊氏反叛幕府归顺天皇。而且，在东国（关东）举兵的新田义贞攻陷镰仓（幕府所在地）剿灭了北条一族。

但是，足利尊氏在东国自行封赏部下武将，并背离了后醍醐天皇推行的新政。于是，天皇命新田义贞出兵讨伐。足利尊氏暂退九州积蓄力量，并在第二年重整旗鼓再次进攻京都。朝廷军楠木正成等在凑川（神户）阻击迎战却遭大败，后醍醐天皇无奈逃至吉野（奈良）创设了南朝。于是，后醍醐天皇的南朝与京都光明天皇的北朝相对立的日本南北朝时代从此开始。

但是，后醍醐天皇无法挽回南朝的颓势，困居于吉野山中，直至 52 岁时离世。

后醍醐天皇的一生可谓充满惊涛骇浪。那么，他在被流放到隐岐的一年间住在哪里，又是从哪里逃出去的呢？

关于这一点，现有"岛后国分寺遗迹附近居所之说"和"西之岛黑木御所之说"。而根据史料来看，推断为后者较为妥当。另外，从地理条件上分析，可以推断后醍醐天皇是在西之岛黑木御所附近的别府港等待时机，并在海流条件良好的四月上旬逃往本土。当时还没有现代这种发动机，想必后醍醐天皇是用双手划船渡海。因此，这个推断极具说服力。

西之岛的最大魅力，就在于断崖绝壁绵延不断的海岸线。为了亲眼见到这种景观，我前往位于岛西国贺海岸的赤尾观景台。

站在这里，只见海边耸立着刀劈斧剁般的山体和饱受海蚀的岩壁。周围群集了大小岩礁，其峥嵘嶙峋的威势咄咄逼人，令我想象到地球的创成期。

我迎着海风继续沿海岸线向北走去，站在名叫"摩天崖"的断崖尖上，那种从摩天楼顶俯视的恐惧感令人腿脚颤抖发软。

据陪同的人讲，这里曾发生过大规模的火山爆发，部分岸壁沉入海底。我们所在的断崖就是火山口外轮山。听他这样讲，我就完全理解这里为何地势凶险了。

好在附近草甸上有些放牧的马和牛，能为我缓解凶险断崖带来的恐惧感。从日本海吹来阵阵微风，马儿在悠然自得地吃草，前方还卧着一群牛。

断崖与海、牛、马以及鸟儿，全都悠然自得地展现在原生态中。看到这种情景，我深切地认识到自己的生活是多么卑琐且劳碌。

渡边淳一的店？

真不知该说是吃了一惊还是吓了一跳，不过意思都差不多。

这是因为我听说出现了一家名叫"寿司初代渡边淳一"的餐馆。我的熟人N君以及林真理子都向我提过此事。可这到底是怎么回事呢？这究竟是不是真事呢？

我忍不住问N君："不可能有那种名字的寿司店吧？"N君说："不，因为名字完全相同，我就以为你最近开寿司店了呢！"这简直太荒唐了！

我虽然并不反感寿司，但从现状来看，我不可能开寿司店。实际上，如果我在写作之余抽空做寿司，那可就什么都干不成了。当然，如果我再也不能写作的话，开店做寿司也许不错。

但是,我现在靠写作还能维持生活。

"可是,它就在你家附近嘛!"他还是满脸疑惑。

我赶紧上网查了一下,果真有一家与我名字相同的寿司店。看样子距离不远,步行就能到。而且,名字与我户籍上的正式名字相同。

既然已经查到,那就没有怀疑的余地了。我干脆亲自去那里一探虚实吧!不过,我去了又该说什么呢?

"晚上好!我是渡边淳一。这里是渡边淳一的寿司店吗?"就这样说吗?还是去了之后默默地坐在柜台一端,让厨师给我捏寿司呢?可是,那样也许立刻就被发现。

因为我近来常上电视,所以可能有人向我打招呼,或是好奇地盯着我看。因此,也许对方反而会惊慌失措。

我左思右想,既有些害怕又跃跃欲试,心里忐忑不安,难以做出决定。但如果不去看看,又总是放心不下。

终于,我在前几天下定了决心,邀约老相识4人一同前往。这家寿司店正如名片上所写,就在从东急大井町线绿丘站步行约1分钟的位置。

我站在店前观察:这是一座小型公寓的底层,周围有一部分被黑色木格板围绕,白纸方灯映出"寿司"二字,确实具有和式料理店的情调。

于是，我让同伴在先，自己跟随其后进了店。正对面就是柜台，从那里传来一声吆喝"欢迎光临"，相当有气势。

而我却莫名所以地低着脑袋匆匆走进预订的左侧包间。

我们来到桌旁坐下，向送菜谱的女店员要了4份套餐。然后，我从包间的小窗口朝柜台望去，只见一位40岁左右、仪表堂堂老板模样的男子正在默不作声地捏制寿司。

就是他名叫渡边淳一吗？

我怀着早已熟识般的，毫无任何缘分的微妙心情望着那边。过了片刻，料理端上桌来，有白烤鳗鱼，还有汤菜等。

我并非有意偏向而点赞，这家店的料理确实相当不错。

我们4人把料理一扫而光，结账时我向上菜的女店员递出信用卡并签了字。女店员说："我们猜您会光临本店，一直很期待。"

经确认得知，老板淳一君和这位女店员都从最初就已知道我是谁了。既然如此，我进门时根本没必要缩头缩脑。

虽说如此，这位老板怎么就成了渡边淳一君呢？听我这样问，对方说他母亲是我的粉丝，而且恰好他家也姓渡边，就取了淳一这个名字。

从表面很难看出，据说他才 34 岁。以此推算，他母亲可能从 34 年前就开始读我的书了。

我有些疑惑：真有那么久吗？不过，我获得直木奖是在 38 年前，因此倒也没什么不可思议。

如此说来，我以前也曾遇到过与我同名同姓的男子。

他还是我毕业的高中学校的国语老师。

恰好在我走访该校时听对方自报家门，毫无疑问就是与我同名同姓。据说，他是因为父亲知道我，就给他取了这个名字。

"父亲希望我成为先生这样的人，所以……"

不管怎样，我悄声向他说："父母给起的，不好意思。"而对方却说："不，我很荣幸。"

据说，在这个世界上各种长相都有 3 名酷似者，可与我同名同姓的人居然就有两个！

特别是因为渡边这样的姓氏很常见，所以也许还会有一两个或者四五个吧。

若真如此，就在这家"渡边淳一"的寿司店里举办渡边淳一们的聚会吧。

演讲会种种

演讲会次数增加，成了我最近格外繁忙的原因之一。而在演讲会上也常常发生意想不到的事情。

每个人都有自己的演讲方式，而我是站在台上单手握话筒演讲。

坦白地说，采用这种方式讲一小时或一个半小时就相当累。因此，我也想过坐着讲，但是坐着讲又会感到行动受限，反而导致心神不定。而且，由于坐着讲必须把嘴凑近桌上的台式话筒，所以总感到使不上劲。

既然要讲话就还是得站着，这样也便于转身。

其实，前不久我还曾去札幌市某酒店做演讲。那里的会场前后距离较窄，左右距离较宽，需要左右扭头近90度角才能看到两端的听众。

酒店里的会场大都是这种情况。明确地讲，这种会场真不好适应。

或不如说，坐在两端的听众只能看到我的侧脸。我觉得这样不太礼貌，可我又不能总看着侧面演讲。

而且，临近演讲会日期我才得知，主办方是全国教诲师联盟。这让我有些心里发慌。

这是因为，教诲师是对收容在各地监狱或少年教养院的服刑者进行教诲指导的人。

像我这样的人给来自全国的教诲师做演讲合适吗？

而且，时至今日，我哪里还讲得了教育方面的内容。

于是，我仍像往常那样分析阐述了男女钝感力的差异。大家都笑眯眯地听演讲，所以我也就不那么心慌意乱了。

每次演讲时，主办方必定提出的要求就是让我从侧面上讲台。

正规的报告厅或演讲会场都有讲台，所以当然没问题。但是，酒店的会场却没有讲台，所以演讲者都得从观众席后面的入口走过长长通道登上讲台。

这样一来就会被听众从前后左右围观,令我更加惶恐不安。尤其是主持人还要提议大家"用热烈掌声欢迎",羞得我简直想赶紧跑开。

为了避免这种情况,我请主办方安排我从侧面近处登台。但是,如果这样的话就需要经过厨房和机房。也罢,这样还能看到酒店的另一面,倒也挺有意思。

我就走过这条通道,来到挡在讲台旁边的屏风背面候场。不过,这些安排都由同行的本事务所的M君事先与对方协商敲定。

在做演讲前还有个请求,就是上讲台前请主办方不要介绍我的个人经历。

我有一次忘记协商这个事项,在登台后主持人就滔滔不绝地介绍我的经历。说实在话,当时我真想夺路而逃。

我做演讲发生过多次失误,其中之一就是在开始前从右侧上讲台,结束后从左侧下讲台。

当时我立刻意识到走错了方向,并慌忙在听众面前返回右侧。不过,为什么会发生那种情况呢?大概是因为主持人在那边,我就不由自主地走过去了吧。

不过，主办方也常常发生失误。

我在做演讲时，总是请求对方在讲桌上摆好毛巾、饮用水和钟表。

但是，饮用水我还从未喝过。这也是因为我曾有一次想用水壶往水杯里倒水，全场顿时静默无声。我当时害怕一喝水就会弄洒，于是作罢。

摆放钟表是为了确认剩下的时间。因为在演讲过程中频频看腕表对听众不礼貌，所以我总是请主办方帮我准备一块表。如果在开始前就预定8点钟要结束，那我就会时时提醒自己。

但是，前些天我在大阪演讲时，摆在桌上的钟表却失准了。在演讲前主办方告诉我3点半结束，可当我开始后不久偶然看表，却发现居然已经临近3点半！

我心想"必须赶快结束"，但又觉得时间太早，不禁向前排听众确认"现在几点？"，对方回答说"两点半"。看样子是那个钟表从开始设定就快了1个小时。

后来，工作人员向我表示歉意，但我想或许两点半就结束了倒也轻松。

另外还有一次，就在前不久，我去神奈川的A市做演讲。

我讲了大约一个半小时,刚好到了结束时间,于是说了声"到此结束"并鞠躬行礼。可是,当我抬头一看,主持人居然不见了!

通常来讲,在我结束演讲时,主持人都会先说声"十分感谢"并谈谈他自己的感受,然后让听众"再次以热烈掌声表示感谢"捧捧场。可这次却没有。

无可奈何,我只好自己面对观众席向右前方、正前方和左前方三鞠躬,致谢之后走下讲台,但总觉得这样不太像话。

难道是主持人觉得无聊乏味而提前退场了吗?可我还是希望主持人坚持到最后。

交通违章种种

真不知该说是惊讶还是意外。

我居然被开了违章罚单！而且是在东京都内，大白天……

现场是在柿木坂一带。

当我驶过驹泽路桥时瞅了一眼后视镜，发现居然有一辆"白摩"（交警巡逻摩托车）尾随！

我以为那辆"白摩"要去别处，可看样子它是在追赶我的车。

而且，因为它像是在示意我停车，于是我靠边停了下来。那个穿制服的交警走过来说"你超速了"。

我立刻不由自主地嘟囔道："什么？这点儿事……"

我也就是开快了一点点，大家不都是这样吗？有必要为这种事抓我吗?

可是,交警却不管这些,检查了我的驾照后说:"对不起,请您下车确认一下测速仪。好吗?"

这位交警似乎注意到超速驾驶的是个白发男子,态度出奇地郑重其事。

于是,我无可奈何地下车去查看安装在"白摩"车头上的测速仪,显示时速为 67 公里。

"因为这个路段限速 40 公里……"

说我违章?可这个路段根本就没人按限速驾驶。我只是因为碰巧刚才路上车少就开得快了点,哪里会有什么危险?我有很多话要说,可那个交警极为沉稳地说:"因此,请您接受处罚。"

因为我已有过几次违章,所以完全明白只要交警说了开罚单就怎么辩解都没用。

于是,我就坐在车上听着广播生闷气。那个交警拿着罚单向我继续说明。

"因为您超速 27 公里,所以记 3 分并罚款。如果您接受处罚,之后就没必要去交警队了。"他一边让我看罚单一边很有礼貌地做了说明。

接着，交警又递来墨汁心怀歉意似的说："请您在这里签字，并按上手印。弄脏了您的手，抱歉！"

看到交警如此彬彬有礼我也没了脾气，只好顺从地签了字。

迄今为止，我的违章停车次数最多的时候是在 10 年以前。而近来则是因为停车场数量增多，所以再没发生过违停。

我虽曾在五六年前有过一次超速违章，可地点是在札幌郊外我的别墅附近。

那里是一段丘陵坡道。当时我驶下坡道，即将进入一条名叫太美的小街。就在进入小街之前，我被藏在暗处测速的交警抓住。

当时我有些生气，因为藏在暗处测速的做法实在"卑劣"。而且，进入小街之前是一段非常冷清的山间坡道，连汽车都很少通过。交警在这种路段抓超速违章的"狡诈"态度令人不快。

于是，我对交警说："你能不能正大光明地执行公务？"但是，交警没有反应。

我对此更加气愤，又说："你有时间在这种地方偷偷摸摸开罚单，还不如去抓凶犯！"交警还是没反应。

他是不是心里在想："大叔，你费这么多口舌是没用的。"

另一个让人无法接受的交规就是变更车道。

我在东京都内某交叉路口等信号时，因为右转专用车道上没车，我就向那边移动，被恰巧在那里执勤的交警发现，就说我"违章"。

可是，周围空空荡荡，我并没造成任何妨碍。这个交警真是头脑僵化。

我考取驾照是在 50 多年以前。

最初是开一台老旧的雷诺车，但在札幌寒冷的冬天常常打不着火。特别令我难忘的是我进了薄野的旅馆后，在半夜出来时车被埋在雪中趴窝了。

百般无奈。第二天白天，我借来铁锹把车挖出来，又叫修理工帮我打着了车。

当时，我在旅馆前铲雪的情景被住在附近的女招待看见并取笑。总而言之，那个时候确实相当不容易。

从那以后我一直自己开车。但曾有人对我说："你年龄大了，不能再开车了。"

可是，我无法放弃，或不如说我根本无意放弃。

虽说在战后各种方便用具都得到了普及，但再没有比汽车更便利的交通工具了。

不过,据说从本月开始,有驾照的人到 75 岁以上就得贴"老年人标志"。虽然我还没到限制年龄,但我绝对不会贴那种东西。

实际上,因为我比那些车技拙劣的年轻人老练得多,所以无必要贴标志,而且强制性叫人标明年龄也是侵害个人隐私权吧。

因为即使有法律规定我也绝对不会贴标志,所以我可能还会有更多违章。

在度假村酒店的思考

前不久，我接连走访了冲绳县名护市和宫古岛的两家度假村酒店。

我是为网络栏目的工作而前往这两家酒店，并时隔多日再次饱享南国海景。

这两家酒店都在海边，具有优雅别致的外观，再者其自然景色本身就是能使游客气定神闲的"装潢"。

日本也终于有了不逊色于外国度假胜地的、情调浓郁的酒店。

不过，除此之外也并非毫无美中不足之处。

这倒不是说酒店本身有问题，而是说来这里的游客有问题。而且，其中年轻人占多数。

由于这种酒店档次较高,所以价格也相应较高。可是,这里仍有相当年轻的男女游客满不在乎似的前来住宿,令我不禁想问:"你们真那么有钱吗?"

这里是否有比他们衣着得体、沉稳庄重的成年情侣呢? 我巡视周围,只能在餐厅角落里看到有一对这样的游客。

酒店老总也说"要是再有些成年游客来多住几天就好了……",而目前似乎尚未达到令人满意的状态。

此情此景使我再次想到,这可能是因为年轻人爱赶新潮且行动力强。但说实在话,如果年轻人增多,则气氛也会随之改变——这一点毋庸置疑。

例如,这里也会出现穿无袖衫、短裤有时甚至穿拖鞋的人。

因为这里是海滨,所以若说理所当然也确实如此。但既然是高档酒店,游客就最好穿着得体前往才对。日本的年轻人有时令人非常尴尬,有时去欧式酒店也会不修边幅。然而,在这种场所并非掏了钱就可以随意行动。

如果衣着太随便,那对于衣着得体的人来说就有失礼貌。实际上,无疑会有很多人对此感到不快。

总而言之,如果衣着太随便在这里进进出出,就会破坏高级度假村特有的氛围。这也许正是令接待方深感困窘的问题。

既然如此,是不是该把消费群体定位在沉稳庄重的成年人群,采取积极措施吸引他们来这里呢？在日本,既有钱又有闲的成年群体应该相当多吧。

实际上,近来在各地常可看到这类游客的身影。

就在前不久我还去过一趟京都,早上在餐厅里看到两对情侣模样的成年男女。

我一看便知他们都是夫妻,其特征是——

他们都相对而坐,只管默默地闷头吃饭。我觉得哪怕"哎"一声都好,可他们居然连一句对话都没有。

而且,我看到其中那位丈夫吃完饭就拿起牙签开始剔牙缝,然后含口茶水咕噜咕噜地漱起口来！

或许是因为面对相伴多年的夫人而无所顾忌。可这样也太不注意场合或者说精神过于松懈了吧。

过了片刻,两人起身走出餐厅,跟在丈夫后边的夫人露出失望的表情,似乎在说"这个人我真是受够了！"。

难得来京都一趟,搞成这个样子真是太没劲,太不值了。

与其相比,年轻情侣们在用餐之间也会谈笑风生、兴致勃勃。

言归正传,继续探讨用什么方法吸引沉稳庄重的成年夫妇来度假胜地。在这方面意外困难的也许并非是否有钱有闲,而是夫妻关系本身存在问题。

实际上,就算听到"本酒店面朝大海别具一格,欢迎夫妻双双前来充分享受休闲时光"的广告词,很多做丈夫的也会对悠长闲暇感到不安。

丈夫平日忙于工作早出晚归,与妻子的对话只有"吃饭""睡觉""上班"这几句。这样的夫妻在南方海滨酒店度过数日,关系也许会变得紧张起来,反倒更累。

总而言之,日本的某些成年夫妻,尤其是丈夫并未适应二人单独尽享休闲时光的生活方式,甚或对这种生活方式心怀恐惧。

而做妻子的对此好像也有同感。某位夫人就曾说过:"跟丈夫单独待在那种宁静美丽的地方总是心神不安。与此相比,还是那种能享受购物和美味乐趣的地方更好啊!"

要想吸引沉稳庄重的成年夫妻去日本的度假胜地,先决条件或许并非改善设施而是改变夫妻关系。

要当心点滴癖

听到"点滴"这个词,可能很多人都觉得这种治疗方法对任何病都有效。

打点滴确实有效,但并非任何疾病都能打点滴治疗。岂止如此,打点滴其实风险相当大,有时甚至会夺去患者的生命。

我之所以对此心生不安,是因为有一段时间,报纸和电视都大量报道了一件点滴失误事故。就是在三重县伊贺市"谷本整形"外科诊疗所,有多数患者在打点滴后感到身体不适,还有一名女性死亡。

据该县相关部门进入现场调查发现,这家诊疗所每天早上都会批量调配10人到30人用量的药液,将镇痛剂等融入生理盐水制成。而且,这些液体的调配都在候诊室和隔壁的输液室两处进行,并保存在输液室办公桌上的箱子里。

这样做本身就不能认定符合卫生要求,而且据说在诊疗结束后还要把剩余液体留到第二天再用。

此外,据说他们还会满不在乎地使用相当陈旧的材料。

在稍早前,大阪某高级酒家因重复使用剩余食材被曝光而停业。可是,在治病救人的医院里,居然也会做出同类事情……

而且,该诊疗所在本次事故之前已发生过一名男性在打点滴后死亡的事件。尽管如此,相关部门却依旧听之任之,因此令我不能不惊讶万分。

但是,据说该诊疗所人气颇旺,从一大早到夜里很晚都挤满了患者。而且,患者多数都是老年人,几乎都在打点滴。

这也难怪,人到老年就会深受腰痛、各种关节痛和肌肉痛的困扰,因此来整形外科求诊的老年人很多。对于这样的患者,打点滴注入镇痛剂和维生素混合液还是有治疗效果的。

老年患者就相信这种医师并依靠他们,倒也算是理所当然。

不过,打止痛点滴毕竟只是短期性的对症疗法而已。

但也有人会说,能缓解疼痛就好啊!这种说法倒也没错,却与根本性的治疗相差太远。

除此之外还有一点不可忘记,在整形外科领域的患者中,可以说极少有,或者说几乎没有必须打点滴的病例。

或许有人会对我说:"喂!你说这种大话太吹牛了吧。"但是,我也曾在医大附院做过 10 年外科医师呢!

或许会有人说"可是与那时相比,现在医学已有很大的进步,治疗方法也发生了很大的变化"。但是,对于打点滴治疗的观点却从来没有变化。

总而言之,连腰痛和关节痛都要打点滴治疗未免夸张或者说太过头。明确地讲,打点滴仅在不能经口摄入营养和药剂时才会考虑。例如,只有在胃肠等消化器官发生异常或术后失去功能,以及大脑出现严重障碍不能进食等情况下,才有必要打点滴直接向血液中输入营养和药剂。除此之外,像意识清醒、胃肠功能也正常的情况下,几乎完全没有打点滴的必要。

或许还会有人问:"可大家不还是一感到疲劳或没精神就打点滴吗?"不过,那只是因为患者提出要求或医师想这样做而已。那么,患者为什么要求打点滴呢?

这是因为打点滴能使营养和药物迅速进入全身血液,见效较快感觉就像病好了很多。当然,打点滴虽因穿刺血管有些疼,但或许能让患者产生接受高级治疗的感觉。

那么，医师为什么动不动就打点滴呢？这个原因也很简单。因为比起让患者口服药物，打点滴的诊疗报酬更高，可以多赚钱。

如此这般，一旦医师提议"输液吧"，患者就会同意"拜托啦"。

但是，只要消化器官功能正常，所有的营养和药物都应经口摄入。如果偷懒直接把药液和营养注入血管，就等于无视和否定自己的消化器官，而且存在意外将危险物质注入血管的可能性。

那个造成医疗事故的整形外科医师给那些仅采用注射或口服药物即可治疗的患者也随意打点滴，确实不太正常。

大家都在满不在乎地做这种事情，难怪高龄者的医疗费用居高不下。

顺带说明，我还从未打过点滴。

遗忘在肚子里的东西

我在上回文章中谈到三重县发生输液医疗事故，这回就谈谈将毛巾遗忘在腹腔内的事件。

想必有很多人还记得这个事件，就是在 2008 年 5 月 26 日，某位 49 岁的男性患者在茨城县神栖市内医院接受开腹手术时，脾脏的下方出现了胶囊状异物，后经查明是一块变成青绿色的毛巾。

这位男性患者曾于 1983 年 9 月，在千叶县旭市的国保旭中央医院接受过手术。从那以后到现在一直没做过其他手术。

由此即可断定那块变色毛巾就是在 25 年前做手术时被遗忘在腹腔内的。

旭中央医院方面表示了歉意："要诚挚对待受到损失的患

者。"而该男性患者则对此表示："我听说被忘在肚子里的是毛巾简直不敢相信。虽然院方解释是用于保护脾脏，但这种事绝不能再发生。"

除此之外，京都民医联中央医院 6 月 28 日发布消息说，在 27 年前一位 48 岁的男性患者接受手术时，曾发生过手术纱布被遗忘在腹腔内的事故。

据院方说明，那位男性患者曾于 1981 年 9 月做手术切除了十二指肠和胃的一部分。但是，他在 2007 年去别的医院做 CT 检查时，发现胃后部有块直径约 6 厘米的异物。他今年 6 月 11 日再做手术将异物取出，据判定就是在 1981 年的手术中用于止血的纱布。

京都民医联中央医院的吉中院长表示正在与该患者进行和解交涉，并致歉说："这是一次单纯的失误，谨表歉意。"

除上述事件之外，同类情况仍然时有发生。可究竟为什么会发生这种愚蠢的失误呢？或许普通人会觉得不可思议，但从事过 10 年外科医师工作的我却自然明白其中的缘由。

首先，此类失误发生的最大原因，就是为了阻止腹腔内出血需要使用大量纱布。

可能有人会说"这不是很正常的事嘛"。不过，在手术中按压在伤口处的纱布会被周围渗出的血染红并收缩。

在连续重叠使用之后,染红的纱布就会隐藏在周围器官后面或因重叠而难以辨别。如果说"那也不可能忘掉吧"倒也没错,可偏偏就是会忘掉。

这是因为手术一结束医师就只关注患部,觉得"好了,这样就不要紧了",却忽略了仔细检查器官后面和周围。

当然,态度慎重的医师在此时都会细心检查手术部位的周围。

在这种场合,最好的方法就是让护士记住放入腹腔内的纱布数量,并在关腹缝合前核对取出的纱布数量,这样就不会把纱布遗忘在患者腹腔内了。

但是,有些新手以及刚开始熟练就得意忘形的外科医师总是自信满满地迅速扫尾,因而极易造成这种失误。

尽管如此,在腹腔内遗留一两块止血纱布也许是常见的事情。实际上,如此少量遗留物对身体影响也很小。

然而,被遗忘的不仅是纱布,竟然还有毛巾!这也太愚笨、太马虎了吧。这种事情一旦被教授或主任知道,恐怕就不只是被上司呵斥一声"混蛋",还得忍受没完没了的说教。

可是,在千叶的医院里怎么会用毛巾止血呢?一般情况下用普通纱布也就足够了,是不是手术出血过多呢?

我很想亲眼看看在 25 年前为那位患者做手术的医师的面孔。

所幸的是毛巾和纱布都经过灭菌杀毒。然而,这个旭中央医院的患者后来却有了腹痛和血尿,随后医院的检查结果将毛巾判定为肿瘤。

将陈旧的毛巾团判定为肿瘤,该说是英明还是愚蠢呢?

假如这是厨具之类的硬金属制品,只需用 X 光透视即可判明。但是,对于较薄的毛巾就不那么容易了。

无论怎样讲,将手术用具遗忘在腹腔内,这是医师犯下得极为低级的错误。虽说如此,失误得以发现还算幸运。不过,也许有些患者至今仍不知自己肚子里藏着纱布。

考虑到这个问题,患者恐怕都不会轻易去做手术了。

各位外科医生,你们可能很忙,但还是请你们在关腹前仔细核查纱布数量!

虽说如此,这次再开腹手术的诊疗报酬应该是多少呢?

无论多少,应该都不会让患者支付吧。

手术做错部位

我上回谈论医疗事故，这回接着再说一起。

就是在东大附属医院发生了做错左右眼手术的事故。

为什么会发生这种事故呢？

据说，在手术后，患者的夫人指出戴眼带的位置不对，医师这才发现手术做错了部位。

做手术搞错左右位置确实后果很严重，但因为那位患者预定双眼都做手术，所以也许可以说罪轻一等或不幸中的万幸。

但是，除此之外还有多起搞错左右位置的事故。其中最严重的就是在做肾脏手术时误将健全的肾脏摘除。

像这种严重失误绝非道歉就能了事，恐怕还会危及患者的生命。

据称,发生此次失误是由于看 X 光片时看反了。但我并不认为会有这种可能性。

我认为从主治医师到主刀医师及手术室的护士都有责任,而责任最大的还是主治医师。

因为那位患者由他负责,所以应在手术室里确认之后再将位置固定好。

正是由于在主治医师尚未履行规范步骤的情况下轻率地开始做手术,所以导致令人难以置信的失误。

现在略微具体地探讨一下手术搞错左右位置的始末缘由:接受手术的患者在进入手术室前通常都会注射药剂,处于昏睡状态。

总而言之,患者是在无意识状态中被送入手术室,并被固定身体以便实施手术。在这种时候,即使医护人员搞错,患者在麻醉状态中也无法指出"位置不对"。

因此,主治医师这时当然先要检查患者的体位,确认无误后对患部进行消毒,还要用消毒盖布将其他部位遮住。

此处可能有人想到,为什么主刀医师没发现呢?因为主刀医师的地位通常高于主治医师,所以大都在最后进入手术室。然后,主刀医师会将已固定并消毒的部位当作患部开刀。

当然,在患部皮肤有损伤的情况下,只需观察表面即可准确判定手术部位。

但是,在不能从表皮判明手术部位的情况下,就会以为消毒过的一侧正确并实施手术。

即便如此,主刀医师在切开该部位后也应能判明手术部位正常与否吧?这样问倒也没错。

虽然这样确实能正确判明患部,但如果被错判的部位也不太正常的话,恐怕就难免导致失误了。

其实,在我成为现役医师时,也曾在医大附院的手术现场见到过搞错左右位置的情况。不过,那时我还是刚刚进入医务部的新人。

那位患者是右股关节半脱位,预定施行股骨颈切开术,以实现股骨头与骨关节准确对位。

为此,首先是主治医师在手术室提前对手术部位的皮肤进行消毒,再将周围遮上盖布。随后主刀的教授医师进入现场,众人向其行礼,教授回礼后执刀开始手术。

手术进行不久之后,搞错的"患部"暴露出来,这时教授低声嘟囔道:"没什么大问题啊!"

可能是因为患部变形不像教授预判的那么严重。

主治医师对此只是"哦……"了一声，手术继续进行并顺利结束。

在此之后，做助手的我们用纱布覆盖刀口并裹好石膏绷带，然后将患者抬上担架车送回病房。

主治医师脱掉手术衣回到护士中心，脸色却顿时变得煞白。

我惊讶地问："怎么回事儿？"主治医师回答说："前来陪伴的母亲看到女儿后对我说'原先听说要做右侧，可为什么做了左侧？'。"这显然是把左右位置搞错了。

"坏事了……"主治医师双手捂头说道，像是要哭的样子。可是，这事又不能丢开不管，他赶紧去教授办公室报告手术错误。

其结果是主治医师当然受到严厉训斥，连续不断地鞠躬道歉。据说，教授指示他告诉患者"原定两侧都做手术，先做的是病情较轻的一侧"。

我虽然想说"真不愧是教授"，但错误毕竟是错误。

在第二天的早会上，那位主治医师再次受到斥责，大家也都受到告诫。虽说如此，主治医师为什么会出现这种失误呢？

原因就是手术室的护士对患者情况一无所知,偶然地将患者左侧向上放在了手术台上。而主治医师也没确认就进行消毒,因此无疑就是主治医师的失误。

当然,那位患者后来再次接受手术,对真正的患部进行了治疗。可这实在配不上手术科的名分。

虽然这已是50多年前的事情了,可一旦想起仍令人心痛。

朴素的疑问

现如今,地球变暖已成为世界性问题,与此相关的报道和评论经常出现在报纸和电视上。

其实,在召开的洞爷湖 G7 峰会上,如何应对地球变暖也是重要议题。但是,直到会议结束都没能找到有效对策。

如果照目前这种状态发展下去,再过 20 年、30 年地球会变成什么样?人们心中都怀有强烈的关注和不安,这是不争的事实。

不过,地球变暖真那么危险、那么可怕吗?既然连世界级的科学家和政治家都这样说,那可能确实如此。不过,地球变暖有没有好处呢?

我说这话可能会受到指责——你说什么傻话呀?但是,我却觉得变冷比变暖更可怕。

我这样想可能因为自己是北海道出身。

另外，前不久我去札幌与老伙伴见面时也聊到了气候的话题。碰巧北海道从两天前持续下雨，A君说："从峰会开幕一直是这样的天气，就像是梅雨。"

以前北海道的7月总是大晴天，根本没什么雨。不过，近年来阴雨天越来越多。

总之，天气已变得如此温暖，听说白天气温常达到近30度。

"反正还是以前雪多天冷。"大家全都同意A君的看法。

确实如此，在我小的时候，上屋顶铲雪就是男人的义务。哪怕从屋顶滑落也不会摔伤，那时的积雪就是这么厚。

而且气温也很低，即使在札幌，降到零下近20度也不是什么稀罕事。可是，据说近年来下雪少了，偶尔有些积雪也会很快融化，春天也来得早些。

"比起以前，现在的冬天好过多了。"大家都由衷地表示高兴。

坦白地讲，若说高纬度地带的人们特别欢迎地球变暖未免夸张，但似乎并不觉得这是坏事。

不仅是居住在札幌这种大都市的人，住在乡村的人也是一样。例如，从札幌周围的空知郡到更北边的上川，据说近年来插秧和种菜的时间都有所提前，收获量也略有增长。

在此前只长牧草的道东钏路附近和道北稚内附近地域也长出了茂密的野草，据说有一部分地域也能种植马铃薯了。

当然，严冬寒风呼啸的日子也有所减少，在初夏甚至会发生令人难以置信的酷暑天气。

将北海道的这种想象比照全世界，首先引人注目的就是宽广的西伯利亚。

这里是寒风凛冽的高纬度极寒地带，地层多为冻土，有些地方是不毛之地。但是，如果这里因地球变暖变成草原并能栽培蔬菜的话，西伯利亚就会变成绿色大地。

也许这种奢望很难实现，但西伯利亚的某些地方仍有可能从冻土地带转变为畜牧草场。

而且，如果在不久的将来地球进一步变暖，这片大地还能生长树木。

如果这种阔叶林持续扩展，还能对亚马孙流域林木的减少加以补充吧。这种预测或许过于理想化，但也不能断定完全没有可能。

总而言之,我认为我们不能一味地悲叹因地球变暖而带来的危险可怕的负面作用,而是要对变暖进行利用,想出因地制宜创造正面效应的方法。

无论怎样讲,对于居住在高纬度地带的人们来说,相对而言,冷化远比暖化可怕。

盛夏的夜梦

讲鬼故事的季节即将到来。

这个季节，到处都在讲述形形色色的妖怪和幽灵的故事，席间气氛活跃。

说不定，听到这种故事的人会想，自己是否也曾有过相似的经历。

虽说如此，为什么偏偏爱在夏夜讲鬼故事呢？

为什么不是春夜、秋夜和冬夜？而且冬夜时间最漫长。

那么，常在夏夜讲鬼故事是因为人们会在外边待到很晚吗？还是因为夏夜气温较高，所以需要听这种能使脊背发凉的故事呢？

如此想来，鬼故事似乎还能起到空调的作用。

不管怎样讲,有过奇异感受和惊悚体验的人确实不在少数。而且,其中好像女性占压倒多数。这是因为女性迷信较深还是因为感觉敏锐呢?

与之相比,是不是因为男人偏好运用理论和逻辑看待事物,所以妖怪难以接近呢?

不过,我倒是听到一件怪事。

据说,有位30多岁的女性常会遇到非常奇怪的状况,虽然大脑意识清醒但身体却在沉睡不能动弹,即所谓被锁链紧绑的感觉。

而且,她前不久又在睡觉时感到被子上面有重压,睁开眼就看到一个男人站在枕边。她当然不认识那个男人,可身体却不能动弹,而且发不出声音。

另有一次,她跟姐姐一起睡觉,两人都产生了身体被紧绑的感觉,并同时睁开眼睛。

这种情况似乎意外的多,那么发生的原因何在?

常听说在曾有人死去的酒店房间睡觉会出现鬼魂,并感到身体被紧紧绑住。不过,从有些人根本没遭遇过这类情况来看,这是不是与当事人的身体状态有关呢?

实际上也有人说过,在交感神经与副交感神经失衡时,就会出现身体被紧绑的感觉。若真如此,原因就可能是身体疲劳或精神状态不安定。

无论怎样讲,这些虽然还算不上夏夜的鬼故事,但对于当事人来说,无疑是非常严重的事态。

另有一位讲过同类经历的也是30多岁的女性。据说,在数年前,有个从她5岁时起就很熟悉的男性死去了。

在那个守灵夜里,半空中突然电闪雷鸣。她看到后就以为那是死者在告知自己将去天国,但转念又想那也许是死者不愿去天国的表示。

从那以后,她每次听到雷声就会想起他。而在前几天,她自己过生日去听音乐会,就在进音乐厅前又响起了雷声。

她心里嘀咕"会不会是他……",并走向自己的座位。而此前明明听说票已售罄,可唯有她的邻座一直空着。

音乐会上演奏了肖斯塔科维奇的《第九交响乐》,而他也曾是肖斯塔科维奇的粉丝。因此她想,死去的他从天国返回,此时就坐在自己身边。

原定曲目演奏完毕后是返场曲目,演奏的还是肖斯塔科维奇的《第二爵士组曲》。

她听到后更为惊讶,因为他生前最喜欢这首乐曲,他母亲甚至把曲谱刻在他的墓上。

"我只能认为这是他来听音乐会了。"

我问："你喜欢他吗？"她回答："虽然他是个好人，但我对他没感觉，所以我们连手都没握过。"

这也很像适合在夏夜里讲的故事，但不免令人伤感。

可是，我自己却从未感受过灵异之气，也没遭遇过妖怪。

或许有人觉得我这个家伙真没趣味，但这可能是大学时代的影响。

我一进医学部，首先就是解剖学实习。在这里要分解真人的尸体，沿着神经和血管剖开各种器官。

如果每天重复做这些事情，就会渐渐感到那不是人体而是无机物体。

其后不久，在口试的前夕，我慌里慌张地面对尸体做准备，在途中忍不住打起盹来。到了深夜醒来时，同学们都已回家，解剖室里只剩我独自一人。

我再次环视周围，就看到摆着 10 具被剖开的尸体。那些尸体既不可能坐起身来，也不可能说什么抱怨的话。

此外，我毕业后进入医务部，地下的研究室周围摆着很多玻璃瓶，里面用福尔马林浸泡着已分解的人体四肢和器官。

哪怕在这里待一整夜，那些肢体也不会从玻璃瓶里跳出来扑在我身上，也不会窃窃私语。

尸体和摘取的器官毕竟是死去的肉体，而不可能是其他物体。而且，它们只不过是随时间延长逐渐腐烂的人体组织而已。

可能就是因为年轻时已有过这种体验，所以我既不害怕尸体，也不会对死亡怀有梦想。

我当然也不曾有过夏夜的惊悚体验，而且如果真有那种事我倒也想看看。但是，妖怪也从未在我面前出现过。

哎——妖怪君！假如现在能见到妖怪的话，我倒是想见见母亲。

参观谷崎纪念馆

前些天,我应邀去芦屋市参加谷崎润一郎纪念馆主办的"残月祭"并做了演讲。

芦屋市每年都会在谷崎润一郎的生日 7 月 24 日这一天举办"残月祭"。

虽然主办方建议"演讲内容不必局限于谷崎润一郎,只要在某方面稍有触及即可",但我决定从开头就直奔主题。

首先,虽然我至今一直围绕男女关系题材进行创作,但谷崎润一郎在这方面毋庸置疑是大前辈。

理所当然,谷崎润一郎的作品我几乎都已读过并铭感肺腑。而最令我钦佩不已的,就是谷崎润一郎在管制严苛的战争时期仍坚持创作男女关系题材的小说。

尤其是谷崎润一郎的大作《细雪》在《中央公论》刊载第二章时，由于军方的压制而遭到禁止。但是，此后谷崎润一郎仍暗自继续创作，并在战争结束后出版了该作的上卷。

在战争时期，几乎所有的作家都采取了配合军方的态度，而只有谷崎润一郎和川端康成勇于抗拒，坚持创作男女关系题材的小说。仅从这一点来讲，也应高度评价这两位作家。

我先介绍了这些之后，接着说明持续写作男女关系题材小说的困难。这不仅仅是文章和表现方面的问题，更重要的是创作这种题材的作品必须做好心理准备。妻子自不必说，哪怕遭到父母、孩子的任何指责都要泰然处之。

首先最需要的就是这种无所畏惧的态度。这样才能写出力透纸背的经典作品。

毋庸赘言，谷崎的作品就浓厚地表现出作者独特的欲望和执念。那种直言不讳、大胆揭露的强韧精神，支撑着他的创作。

我在演讲时首先介绍这方面的情况，其实也是为了激励自己。

虽说如此，无论时代怎样变迁，男女关系题材的小说都不会过时。

只要看看谷崎的作品就能明白这一点，而如果再读《源氏物语》就会更加清楚。

即使对平安时代贵族的生活状态不很了解，但人类思恋、热爱的心理在千年之后都不会改变。

平安时代的人们与大自然密切相关，也许他们的爱恨情仇比现代人更加深浓。

每一代人，都会在特定的时期对异性产生好奇心，也会谈情说爱并结婚。而他们到了觉得有些明白的年纪时也会死去。将来，他们的下一代也会在稍稍明白的时候消失。

如此这般，男女之间的实际感觉只能通过各自的体验和感受有所心得，而不能像自然科学那样在前人经验的基础上积累。

总而言之，男女的情感有时候就像建立在沙滩上的楼阁，一波浪潮过来即可被冲垮消失得无影无踪。

但是，正因这种智慧仅限于一代人而不能遗传，可以说男女关系总是既古老又新鲜的话题。

体育运动疲劳

近来，每当打开电视都会看到体育比赛直播或对比赛结果的评论。

若说这是因为北京奥运会正在举行也确实没错，但坦率地讲我已有些厌倦。我本来就对体育不太关心，但这并不等于我没从事过体育运动。

我的初中时代在札幌度过。那个时候，我经常滑雪。我家就在西山脚下，我每天都会去附近的南坡滑雪场。

因此，我的滑雪水平堪称一级，在全班同学中也绝对是名列前茅。我虽然也玩过滑冰，但因为滑雪场免费而滑冰场却要收费，所以滑冰那是有钱阔少们玩的运动。

虽说如此，我偶尔也会去冰场滑冰，但目的却是想在超过某个可爱女孩的同时丢下手绢。我随即回身，来到惊奇地拾起手绢的女孩身边，先说声"抱歉，谢谢"，再跟她套近乎。

玩这种花招的时机很难掌握，我曾误将手绢丢在可怕小哥的面前，因此而惨遭痛骂。

除此之外，我还参加过业余棒球比赛，当二垒手或一垒手，但球技不算太高。于是，每次与其他球队比赛时我就写赛况球评，通过向大家分发小报来宣示自己的存在。

其他算得上拿手的运动有从 40 岁开始的高尔夫球，成绩最好时曾达到差点 14 的水平。而现在却超过了 100，已接近人生烦恼的数量。

不管怎么说，我比较下功夫的就是滑雪和高尔夫球。这两种运动都属于单人项目，看来我的性格不适合搞团体竞技。

确实是由于这个原因，我现如今依然在当作家。

虽说如此，眼下奥运会正进行得如火如荼，再加上全国高中棒球赛，无论换到哪个电视频道，都是清一色的运动会。

我本来就不太看充斥着综艺和搞笑节目的民营电视台，而唯一想看的NHK电视台，从综合频道到教育频道也都是体育节目。

虽说眼下正是奥运会期间，但我认为在国际关系和经济领域方面应该报道的题材也很多。如果用讽刺的眼光来看,我觉得媒体未必不是在借奥运来会逃避那些复杂的问题。

总而言之,收视率全靠奥运会刷高,而盯着屏幕为比赛输赢呼喊鼓噪的绝大多数都是男性。当然,在女性中倒也并非没有狂热的体育迷,但从整体来看人数极少。

我周围的女性好像也并不十分关注,即使有人转告"某某选手拿奖牌了",她们也只是点点头说声"哦,是么"。

与其相比,男人们则会挥拳呐喊"好棒""厉害",就像自己获胜般欢喜、兴奋。

男女对比赛的反应为什么会有所不同呢?

即使有人说"因为男人富于激情,而且对国家感情深"这种漂亮话,但事实上男人对输赢的计较远远超过女人。而且,男人往往一言不合就会勃然暴怒拔拳相向。

既然如此,索性从现在起就把各国首脑都换成女性如何?

如此一来,就算国与国之间发生了激烈争吵,也许真能避免武力冲突。

这且不论,当我看到痴迷于电视转播,对日本选手的输赢忽而癫狂忽而沮丧的男人们时,心里就会产生反感。

常听说"体育运动既健康又真纯",而且几乎所有人都对此深信不疑。不过,我却尚未达到那种痴迷程度。这是因为比赛胜负所导致的结果反差太大,胜者欣喜若狂备受嘉奖,而负者心情沮丧并很快被忘记。

虽然有人说这就是体育竞技的爽快之处,但换一个角度来看,体育竞技是最看重胜负的。但我从10年前就几乎不看体育比赛了。

以前我最爱看棒球赛,可现在别说去球场观战,就连电视直播都不会看,顶多只在晚间新闻报道中了解一下赛果而已。

当然,足球赛、排球赛以及大相扑我也从未准时看过。

如果有人问我"无所谓吗?",我当然无所谓。不仅无所谓,而且这样才感觉清爽得多,心情非常愉快。

这也是因为不看比赛能省出时间充分地做好其他事情。

我可以阅读各种书籍,可以写作,还可以看电影和戏剧,能自由支配的时间越来越多,不亦乐乎?

我说这话可能更让体育迷们反感。总而言之,我觉得成天叫喊赢了输了、金牌银牌未免过分了。

棒球与人生

我上回刚刚写过《体育运动疲劳》,谈到自己对体育报道产生了厌烦情绪。

虽然这回又谈体育运动有些奇怪,但我看过某场比赛后还是忍不住想写。

那是一次高中棒球决赛,由大阪桐荫队对阵常叶学园菊川队。

我偶然打开电视机,就看到这场决赛正在进行。第一局大阪桐荫队第 5 棒击球手奋力挥棒,球径直飞后场幕内获得满垒本垒打。

就在我想"居然会发生这种事"时,桐荫队的好球继续爆发,比分差距也不断拉大,最后是 17 比 0。

此前这场决赛多么令人期待，可观众看到的却是意外的一边倒。

在报纸上赫然印着大号标题"多项破纪录"。

如此胜绩确实堪称破纪录，令人再次感叹桐荫队是何等实力强大！而另一方面，想必菊川队会痛惜不已、万分遗憾吧。

不过，我之所以会被这场比赛吸引，是因为仿佛看到了人生世事变化无常。

将棒球与人生相联系似乎有些夸张，但在观看这场比赛的过程中，我不禁思绪万千。

因为桐荫与菊川这两支校队的实力并不像比分所显示的差距那么大。

菊川队在进决赛前就已战胜福知山成美、仓敷商业、智辩和歌山、浦添商业等各地强队，所以也具有相当强的实力。

实际上，根据赛前预测，虽然也有人说"击球力更强的桐荫队稍占优势"，但大多数人都认为"双方实力相当，上了赛场才能见分晓"。

可是，双方一旦交手，差距却如此之大。而且，在回顾比赛经过时可以看到，菊川队在失去 4 分之后，曾在第 3 局和第 5 局中各失 1 分，虽稍处劣势却仍在奋力争取。

但是，菊川队在第6局中痛失6分后一举崩溃。其后又在第7局中失去2分，在第9局中失去导致完败的3分，总共失掉17分。在比赛中，菊川队最为关键的击球手完全发挥失常。

分差如此之大，菊川队自不必说，肯定就连桐荫队和观战记者都不曾想到。

然而，在现实中分差就是如此之大。而且，这场比赛的经过暂且不论，菊川队以0比17输掉了决赛，这个事实已作为纪录留在今后的棒球史上了。

我之所以认为这与人生相似，正是因为这种结果的严酷性。

假设这里有A某和B某两个人。

他们是同学，家庭环境和在校学习成绩都没什么差距。进大学后也在相同的系部，毕业考试成绩也不相上下。

而且，在就业时A某进了K公司而B某进了J公司，两家公司也都是一流企业。

但是，后来A某所在的K公司业绩顺利增长，而B某所在的J公司却突然破产。

用前文所讲棒球赛做比喻，这如同在第1局就被对手劈头击出了本垒打。

其后，A 某在 K 公司顺利晋升，而 B 某却在 35 岁时进入二流的 F 公司工作。但这也没能持续多久，在 5 年之后，他就因为与上司发生矛盾而转入 L 公司。

就在此时，A 某与 B 某在同学聚会上相遇。与 A 某的出人头地相比，B 某毋庸赘言属于输家，甚至害怕与 A 某对等交谈。

而且，到了 10 年之后，A 某当上一流企业 K 公司的董事，而 B 某所在的 L 公司也宣告倒闭。在这次被抛弃之后，B 某就成了无业人员。

桐荫队与菊川队 17 比 0 的胜负结果，可以说就像人生的这种过程。

这两人原先拥有的实力几乎不相上下，可 B 某这一方却因偶发事件而改变了人生轨迹。虽然他在慌乱之中拼力挽救，但情况并无好转。

而且，他越是慌乱失败就越是接踵而来，境况也越来越差。

这正与菊川队的选手们越是焦虑就越是动作僵硬，导致不能正常发挥实力而失败。

过了数年之后，A 某已成为所有人羡慕的大公司总经理，而 B 某却沦为无人理睬的落魄男。

像这种人生的幸运与不幸，在女性中或许也很多见。

当然,将棒球与人生相联系也许不免有些简单化。可以说,人生比棒球赛更为复杂,而且更富于变化。

但是,漫长的人生中也有幸运和不幸,也可能因细节导致巨大变故,所以与棒球赛极为相像。

实际上,我身边就有两位朋友经历过这种波折。

我之所以看到"17比0,桐荫队大胜"这个标题就幡然警醒,正是因为想到了人生犹如棒球赛。而人生远比球赛更加无章可循。

消逝的繁荣

有些词语曾为众人熟知，但随着时代变迁渐渐被忘记而不再使用。

我之所以想起这个问题，是因为上周末去了一趟小樽的"银鳞庄"。

听到"银鳞庄"，或许有人会感到这个名字很不可思议。

还可能有人觉得，从"银鳞"二字来看可能与鱼类有关吧。

我觉得说到这里就只差一步，接下来北海道的人也许都已明白了。

对，就是鲱神殿。

曾经繁极一时的鲱神殿于昭和十三年被迁至小樽市的观海胜地平矶岬之上。

即使这样说，或许仍有很多人不知道鰊神殿。

那我进一步具体说明：北海道在明治时代鰊鱼（即鲱鱼）捕捞非常兴盛，实现一攫千金的鱼把头不惜巨资筹建了这座豪华壮丽的建筑。

这些建筑都由技术高超的越后工匠设计施工。覆盖着带有家徽陶瓦的屋顶颇具沉稳的厚重感。

而且，建筑材料采用冷杉、楸木、水曲柳等高级木材。正面墙裙采用大型花岗岩，室内装饰了祈求渔业丰收的长约5米半的搁架和豪华的彩色玻璃，天花板上装饰着鱼形彩雕，这些景象让人产生了饱享昔日的豪奢之感。

其中的一座御殿被运至小樽市内，耗时多年加以改建装修成保留昔日风貌的旅馆，就是现今的银鳞庄。

北海道南部的日本海沿岸，特别是从积丹半岛到小樽一带，鰊鱼捕捞曾经极为兴盛。

统管渔场的鱼把头从还在飘雪的2月就开始整备刺网，并在3月春意乍现时将刺网一举放入自己的渔场。

此后，他们就在御殿的望楼上远眺冰冷青白的海面。某日，海面骤变为乳白色。

这预示着大量鰊鱼群将从远洋涌向近海，即所谓的"鰊群来"。这或许也是几乎已被遗忘的词语,只有久住北海道的居民才会知晓。

我自己虽然知道这个词,但从未亲眼见过这种实景。听老人讲,在"鰊群来"时,眼前宽阔的海面全被大群鰊鱼覆盖。

看到此景,等在海边的渔船一齐划向海面,并将挂网的鰊鱼捞起来。

捕捞作业从夜晚一直持续到第二天,装满鰊鱼的渔船要在海面和岸边之间往返数十趟。

那首《拉网小调》就是劳动者们在此时高唱的歌曲,这与其说是在娱乐莫如说是为了驱赶困倦以免睡着。

听到这样的解释,我也感到确实能听出歌中隐含的悲腔哀调。

这些渔船将捞起的鰊鱼运到岸边卸下,再由女子们用木箱背到鰊鱼工厂门前。

因为捕捞作业必须连夜进行,所以女子们也要连夜运送,她们因此疲惫不堪。据说,有个女子卸掉鰊鱼后就地瘫坐下来,可身后仍不断有人卸下鰊鱼。在连续堆放中渐渐看不见前边倒下的女子,在第二天挖运鰊鱼堆时才发现被埋女子的尸体。

总而言之,由于当时只需将成群涌来的鰊鱼直接捞上船即可,所以确实是名副其实的"一攫千金"。

在这片海滨劳动的人大都是来自青森、秋田等东北各县的打工者。

虽说这也叫打鱼,但因为只是用渔网直接将群涌而至的鰊鱼捞起,所以并不需要什么技术,比这更重要的是有力的臂膀和强健的体魄。

另一方面,雇用他们的鱼把头都是长久以来统管这片渔场的新潟、石川等地的商人。

这些鱼把头每年从2月到4月最多只营业3个月,是名副其实的超得天独厚的男人。

在我的亲戚中也有这样的鱼把头。我曾想将他写进小说,就借来保存在老家的旧资料看,其中的"执权"一词令我十分惊讶。

我继续读下去才知道,这相当于司掌一家的总管地位。

而且,鱼把头的家规是即使有儿子也不让他继承家业,而几乎都是招女婿进门继承家业。

这是因为此行业每年只运作3个月,男人们在其他季节从早到晚都是花天酒地。

据说,由于这个缘故,鱼把头的儿子几乎都堕落为挥金如土的废物,所以外姓女婿较为适合承守家业。

这方面的智慧或曰见识在当代似乎仍可通用。

但是,现如今那种繁荣也已是梦中之梦了。

在甚至出现过"钱函"这种地名的海域,也已完全看不到鰊鱼了。

正可谓盛极必衰——投宿银鳞庄,泡在展望日本海的温泉中,我得以尽情回忆往日的北海道。

继任首相的条件

那是在已经过去的 9 月 1 日，晚上 9 点多。

我惴惴不安地看着电视屏幕。

毋庸赘言，多是关于福田首相突然表明辞任意愿，各电视台开始播放记者会现场的画面。

若问我为何对此惴惴不安，这实在太令我为难。

当晚 9 点多，媒体播发了福田首相将要辞任的消息。此后又在预定的 9 点半开始举行记者会。但是，如果记者会的时间再迟些，从 10 点或 11 点开始，那么媒体会是如何处理呢？

这是因为，晨报的最后截稿时间一般是从晚 12 点到最迟凌晨 2 点钟。

在这段时间内，报社要接收记者会发布的信息并进行评论,还要将自民党干部及各在野党的反应乃至街头行人的声音都纳入报纸版面,所以会忙得不可开交。

若说我没必要操这个心倒也确实没错,但我长期为报纸撰写各种连载文章,也曾有过因进度不理想而紧张赶稿的时候,所以还是分外关注。

有关首相表明辞意的报道真能按时出现在明晨的报纸上吗?

不管怎么说,现任首相突然表明辞意可是异常事态。即使是已在电视上看到报道的人,肯定也几乎都会在明早浏览报纸。

假如那时 A 报在头版头条报道而 B 报却没有报道,或者说假如 A 报与 B 报的内容有出入呢?

实际上,由于信息差的关系,首都与地方的报纸在内容上会出现差异。这种现象并不少见。

可想而知,夜晚的突发事件对各报社来说是最紧张的挑战。

所幸此次记者会时间稍早,各报社都能从容应对。如果再推迟两三个小时,报社真不知会忙乱成什么样!

如果索性到 12 点再开始记者会。那记者们肯定是惊慌失措、狼狈不堪，要度过不眠之夜了。

在福田走马上任时，家乡人都夸奖他"具备上州（今群马县）人的耐性和勇气……"。

其实，就算他是个上州人也只是继承了长辈的选举地盘，其成长和大学毕业都是在东京。因为这种类型在议员2代和3代中有很多，所以他们不可能了解家乡的民情，其性格当然更是与家乡无关。

与其相比，是非暂且不论，那位新潟县出身的田中角荣前首相则具有非凡的执着心。

毋庸赘言，因为首相在日本是实际地位最高的政治家，所以当然可能受到各种指责，常常成为众矢之的。身为首相对此必须有所认识，并落落大方地予以应对。

过去小泉前首相描述安倍前首相"钝感力不足"，而福田首相则是毫无钝感力。

总而言之，或许这是因为作为政治家其人格尚未成熟就当上首相了吧。

我希望能有一个坚忍不拔、敢与各国首脑硬碰硬的沉着稳重的首相。

那么，此后谁来当首相呢？

虽然有很多人物成为热议话题，但若仅从钝感力这一点来讲，却是女性具有压倒性优势。

这也是因为女性承担了因妊娠、分娩、育儿等需要的超强体力和耐力的重任。其生来就具备钝感力，所以很少轻易动怒失控。

关于这方面的内容我打算另文论述，但在连续出现"咔嚓辞任"首相之后，或许最好索性选出一位女首相。实际上有不少国家女性非常活跃，因此在日本，诞生一位女首相也没什么不可思议。

不过，由于日本的男人尤其是政治家的脑筋意外陈腐，所以或许这很难办到。

若能诞生一位女首相，应该不会再"咔嚓辞任"了吧。

女性不会轻易失控。当然也会有失控的女性，但与男性相比却少很多。而且，女性一般一旦认定目标就不会轻易改变。

关于下一任首相人选，需要拥有坚定的信念自不必说，还需拥有超强的体力。现如今女性的平均寿命也比男性多7岁，所以比起脆弱易失控动辄撂挑子的男性，也许女性更适合担当首相大任。

退休那些事

这回，我想写一部以"团块世代"为主人公的小说。

迄今为止，团块世代的人口最多，而且备受各方关注。但是，作为小说主人公登场的却几乎没有。

究竟是因为这种人物出现在小说中缺乏魅力呢？还是因为作家都对这一代人不感兴趣呢？

但是，现如今这一代人都已60岁上下，其中有些人即将退休。怎样面对退休年龄的到来，以及如何应对退休？从这个意义上未必不可以说，退休年龄就是一个主题。

这部小说将在集英社的杂志上连载。读者还可通过相关网站和手机等新的方式阅读。

这部小说的主人公是某大企业的61岁男子，已在一年前退休。

为使该主人公具有较强的真实性,至今我已与很多退休的男性接触过。令我惊讶的是,他们在退休后几乎都经历过心脑血管障碍甚至癌症等疾病困扰。

他们都在退休前持续工作多年,好不容易从繁忙中解脱出来开始享受清闲,可健康状况出了问题。单纯地看这种现象,我觉得不可思议,但在进一步直率地询问后就探明了原因。

那就是过于清闲反倒容易生病。退休后自己就成了不被社会需要的人——这种失落感和焦虑感引发精神上的不安。深陷这种情绪之中,身体就会出现异变并发展到疾病缠身——如此推断较为恰当。

实际上,除此之外再想不到其他导致几乎所有退休者都发生健康状况的原因。

一般来看,在退休后身体明显变差的多为曾在一流企业任职、有相当地位的人物。

所以毋庸置疑,其原因就是曾经身居要职而退休后无工作使他们产生了失落感。

我这样说或许有些奇怪:从这一点来看,倒是在大企业中地位较低或在小企业里小打小闹的人能度过健康快乐的退休生活。

无论哪种情况，退休后虽然体力负担有所减轻可是健康却出了状况。因此，或许还是天天去公司工作，更能深切感受到人生的意义。

尽管如此，现行 60 岁的退休年龄还是太早了。虽说他们都是团块世代，但身体方面应比实际年龄年轻 10 岁。

在这种状态下听到上司说"你已到退休年龄，明天不用来上班了"，或许健康出问题也是自然而然的结果。

但是，个体经营者就不会遭遇这种悲剧。例如那些自己开公司的人、从事农业或渔业的人，还有经营商店或餐馆的人，等等。

他们当然也很不容易，只是不会被强行解雇。

如此说来，作家也是如此……

像这种因退休导致生活环境突变并不仅仅是男人的问题，就连家有退休丈夫的妻子也会受到很大影响。

对于妻子来说，此前早出晚归，白天几乎不在家的丈夫以退休为机开始天天待在家里。

因此，妻子不得不成天为早、中、晚一日三餐忙活。而且，妻子以前还能根据个人情况自由外出，可在丈夫退休后每次出门都会被问"你去哪儿？""几点回来？"，若稍有超时就会受到埋怨。

如此这般，妻子对丈夫厌烦至极，且因丈夫宅家而压力剧增，精神状态也开始不安定，导致所谓有"丈夫宅家精神压力症候群"的人也越来越多。

即便尚未发展到这一步，但在丈夫年满60岁退休后，几乎所有的妻子也都会变得冷漠。岂止如此，妻子还会向多年以来"专横跋扈"的丈夫发起报复。

在这种时候丈夫该怎样应对呢？丈夫该怎样与妻子相处呢？

关于这样的夫妻，我也想在小说中对其心理状态进行深入描写。

我在此提出一个丈夫在退休后与妻子改善关系的重点，即适时夸奖妻子，友好地对待妻子。

例如，向妻子献上以前从未说过的"谢谢""你真棒呀""挺漂亮哦"之类的话语。

我想，可能有不少丈夫会说"现在讲这种话多难为情啊"。但是，这种话确实应该说，而且有办法说。

其要领就是"不必走心"。有些人之所以感到难为情，就是因为想走心反倒更加羞于启齿。

或许有的丈夫会说"那种言不由衷的话更难说出口"。但这也很简单,其实这与在公司对上级阿谀奉承相比要轻松得多。

总而言之,话语沟通十分重要。

以后有机会我还想在小说中写写退休夫妻的心态。

你有密友吗？

我常被问到一些出乎意外的问题。

就在前不久，某女子问我："先生的密友是哪一位呀？"

从她本人来讲，这可能是个既单纯又自然的问题，可我却一时不知如何回答。

坦率地讲，我从未想到有人提出这样的问题。令我更加困惑的是自己已想不出她所说的密友的面孔。

于是我回答"没有啊……"。而她就像没当回事似的点点头，随即转到别的话题。但是，她的提问却依然萦绕在我脑海中。

我现在确实没什么堪称密友的人。

不过，在我像她那样的年轻时代，或许曾经有过两三个密友。

那这又有什么不同呢？此时我想到的是自己年纪大了。

我也曾有过堪称密友的伙伴，特别是在高中时代应该有两三个，我把他们叫作"那小子和那小子"。

即使后来进了大学，从医学部毕业进了医务部，是否堪称密友暂且不论，最初我也曾有过亲近的朋友。

那我是从何时开始没有密友了呢？

我在医大附院的医务部工作了10年，感到随着岁月的流逝亲密朋友都不见了。

后来，从我辞掉大学工作当作家开始，就连一个亲密的男性朋友都没有了。

明确地讲，在那个时期，有些与我年龄相仿的作家与其说是密友莫如说是良性竞争对手。

这种情况与自由职业的严酷性也有关系，而上班族们或许也都相同。

当然，我在那个时期常与熟悉的编辑喝酒聊天。不过，这仍与密友有所不同，感觉就是相互理解的共事者。

而且直到现在都没密友——这是我坦率的真实感觉。

虽说如此，那为什么年龄增长就没密友了呢？

此时我想到的是，在走上社会之后，伙伴们各自的处境和目标都发生了变化。

例如，在高中时代同学们的生活模式大致相同，感兴趣的事情也几乎一样。

而进入大学之后，虽然专业系部和对未来的梦想等略有不同，但仍维系着朋友关系。

尽管在进入医大附院医务部的同时与校友分别，却又以因同期入职而形成的新纽带结识了新朋友。

实际上，在这个时期每次听到上司说"我们作为第某期生……"，都会对同期的伙伴们油然产生亲近感。

不过，在那 10 年间，我的伙伴中有人转到其他医院，有人接替父亲经营私人诊所，有人去搞别的研究课题。就这样，同期入职的伙伴们也因岗位不同而想法和追求都产生了差异，亲近感也渐渐淡薄。

这在普通企业里也都很相似，在入职初期因同为"某年入职组"而容易产生强烈共鸣。但是，随着年资增长地位就会发生变化，同期的伙伴有时为了升职也要互相竞争。

这样一来别说共鸣了，变成竞争对手也是常有的事。

再过数年，如果有人当了总经理而伙伴们却成了他的部下，那就不仅不会继续当密友，反而可能变成最疏远的人。

总而言之，男人之间随着地位和处境的变化拉开差距，密友就会逐渐减少。

当然，这时仍能结交境遇相同的新朋友。但那与密友稍有不同，应该说是境遇相同的朋友。

那么，女性会是怎样的情况呢？

我虽尚未直接问过，但好像女性拥有密友的情况较多。

年轻时自不必说，即使人到中年，女性作为同事、主妇、孩子的母亲都会有关系亲密的伙伴。除此之外，在旅游和兴趣爱好的伙伴中也常能看到关系很好的朋友。

可是，男人因为总是处在公司和工作的纵向社会中，所以首先必须顾及上下级关系。而且，如果相互之间业务种类和收入有所不同，就不会产生亲密关系而且会变得互相疏远。

在这种状态下根本不可能结交密友。如果上年纪后还能有密友，那可以说是相当特殊的情况。

事实上，一国首相自不必说，就连大臣、公司经营者乃至个体专业户都可能没有真正意义上的密友。

说到这里，好像我是因为自己没有密友才会讲这些歪理。

不过,男人上年纪后似乎都会变得孤独无朋。

如果有人问:"那不寂寞吗?"我只能说当然寂寞。不过事已至此,再想结交密友似乎已不太可能。

如果因此而说男人太可怜,也确实如此,不过只有一个方法可以抚慰孤独感,那就是身边有一位无话不说的红颜知己。

妻子也好,"她"也好,向自己所喜欢的女性尽情倾诉衷肠,求得对方的理解——这或许就是男人最后的密友。

请问各位,您现在有密友吗?

数据的独行

近来，医师做诊断越来越依靠观察表面了。

看到对方身材苗条瘦得像模特就放心地说"健康"，相反如果稍胖就担心地说"需要注意"。

比起身体的内部他们好像更注重外形。

导致这种不正常趋向也是因为社会上正流行"代谢综合征"等词语。那么只要看着瘦就说明身体好吗？

我有位朋友 65 岁左右，半年前见到他时身体相当瘦。

以前他就是那种肥胖状态，可原先的大肚腩已经不见了。而且面颊瘦削脸形变长，看上去很清爽的感觉。

我见到他就说"你瘦了"，他自己也很满意似的说"瘦了吧"。

当然，虽说身体瘦了，却让人觉得失去了精气神。

从那以后过了 2 个月，他打来电话说"我得了大肠癌"。

他说稍早前健康状况就开始变差，并且反复腹泻和便秘，去医院做了精密检查后才发现。

我问他："那以前突然消瘦就是因为癌症吧？"他回答说："嗯，是……"

从这样的实例来看，应该说并非越瘦越好。不仅如此，有时身体消瘦本身就很危险。

我们由此可以明白，做诊断要根据具体情况进行分析，不能只因看到身体瘦就放心地以为克服了肥胖症。

虽说如此，现如今肥胖症检查似乎是数据独行。

首先是腰围的标准数据，比如说男性为 85 厘米以下，女性为 90 厘米以下。

虽说有资料公布了类似这样的数据，但实际上并不符合多数中老年人。事实上我的腰围也都 96 厘米了。

还有所谓计算理想体重的公式等。

这里更大的问题是，不同个体或不同人种其骨骼的差异相当大。

在日本人中细高苗条的体形也有很多，而这样的人与骨骼粗壮的人相比,外表自不必说,体重差异也相当大。

简而言之就是个体差异也很重要。而有些检查却完全无视这些要素,仅仅根据数据做出诊断——这就是现状。所以,虽然不能说不必在意代谢综合征,但也没必要为此变得神经质。

像这种数据独行的实例在其他方面也有很多。

例如关于抽烟的危害性,有数据说吸烟者患癌率比不吸烟者患癌率高两三倍到五六倍,还说因被动吸烟患癌概率也相当高。

如果只看这些数据的话,谁都明白吸烟对身体不好。

但是,那些数据的实际采集方式又如何呢?相关部门可能以几百乃至几千患癌者与非患癌者为对象进行过是否吸烟的调查,但仅仅以是否吸烟为准下结论也不免让人产生疑问。

尤其是吸烟人群,他们确实都在吸烟,同时有人也大量饮用酒水,而且生活也很不规律,可能有不少人连饭都不好好吃。

这些都是除吸烟之外的各种负面因素,所以未必不能说是这些综合因素导致患癌率上升。

进一步分析可知,吸烟行为本身也是因人而异。实际上,同样是吸烟者,有的每天吸 50 支左右,而有的只吸几支。

还有吸烟方式不同的问题,有的人将尼古丁浓度较高的烟雾吸入肺部深处,而有的人却只浅浅地吸入口中就很快吐出。

　　其实我这个人就是不吸烟也无所谓,只是偶尔在饭后或饮酒时吸一两支而已。

　　如果说我是因为想吸烟倒也没错,但同时也是因为吸烟还有正面效应,它可以减少进食量和减缓饮酒速度。

　　归根结底,这里还有程度不同的问题。因此可以说,无视这些因素而单纯区分吸烟人群和非吸烟人群的做法有问题。

　　身体过胖和吸烟确实不好,这个大家都懂。不过,还应更有针对性地灵活处理。

　　要警惕数据独行!

事件的根源

这篇文稿将登在某杂志上。

今天的各家报纸和电视台，都报道了大阪某录像厅包间里发生的火灾。

这是个完全无法想象的悲惨事件。

也许我没必要再次对此进行描述，但这是致死 15 人、致伤 10 人的大惨剧。

最不可饶恕的就是故意纵火肇事的犯人。

据该犯向警方供述，他是"因为不想活而纵火"。

发生此案的录像厅每个包间面积约为 2 平方米，排列在过道两侧。据说过道很窄，只可两名成年人勉强错身通过。当然，案发时几乎全部顾客都没能顺利逃出。

该犯事先已对此有所了解然后蓄意寻死纵火，可又在浓烟弥漫中因恐慌逃离现场，真是荒唐绝伦或者说不可饶恕。

我甚至想对他说"你那么想死就自己去死嘛"。

犯人寻死纵火却逃离现场而致使无辜者被烧死……这也太任性幼稚或者说过于卑鄙无耻。

受害者确实不幸，而我得知发生这种事件后心生疑问：即使是欲寻短见的人，在死亡危险迫近时真会回心转意吗？

如果人类真有这种习性的话，倒也可以考虑让寻死的人观看熊熊火焰和滚滚浓烟迫使其放弃自杀。

据说，现如今的录像厅包间作为廉价住宿设施颇受欢迎。虽然那里对外公开是观看电视和录像的包间，但据说住一夜的费用也就是一千五百日元上下。

其他的好像还有网咖之类，其人气颇旺的秘密就在于可以更加随意地独自活动。

该犯46岁，曾在大型电机制造公司的承包工厂工作，后来离婚退职。他虽然也做过保安和经营零食酒吧却没能持续多久，最近处于无业状态。

总而言之，这就是现如今社会上所说的落伍者吧。

尽管他也想工作，却找不到适合的职业；尽管他也想努力，但还是连遭挫折；尽管他自己也明白不可长此以往，但在现实中却难以自立。

现如今这样的人已达到相当数量，而且几乎都聚集在大城市中。

但是，他们都因心怀自卑而默默地隐藏在角落里勉强维持生活。

秋叶原的无差别杀人犯和各种惨案的行凶者们，就居住在城市中普通居民的近旁。

而且，在他们心中暗暗地燃烧着对过着正常生活的人们的憎恶。

"不管是谁，反正看到生活好的人就杀，自己也死掉。"

自己如此落魄潦倒，可眼前却有那么多生活优裕的人——如果每天都不得不面对此种情景，自然会心理失衡而产生杀人冲动。

在40年前我刚从札幌来到东京时，就感到东京是一座无比美好的城市。

但这并非是指高楼大厦鳞次栉比，豪华洋车满街跑，新潮时装店随处可见。

比这些更令我怦然心动的是无论向上还是向下都看不到

生活的尽头，人们的生活水平差距非常悬殊。

实际上，就算在东京打拼稍有成就，可再向上看就知天外有天，会继续努力更上一层楼。而且，就算因为工作和各方面不如人意而灰心丧气，但向下看就知还有很多人不如自己，仍会鼓励自己从头再来。

像这种上下差距悬殊正是东京这座大都市的魅力所在。

如果换作小城市，居民们相互之间都十分了解，因此生活必须一律相同，令人深感压抑。在那里，过度高于平均值或过度低于平均值都会受到排斥。

但是，在东京就不必对此太在意。这里没有小地方那些顾及体面的指责，可以悠然自适地生活。

不过，现如今就连大东京也在加速趋同化。曾经的山手（富人）区和下町（平民）区等地方都在相互渗透，价值观也在逐步趋同化。

当然，曾经的劳工居住区乃至像山谷区那种民工聚居的街道也几乎完全消失。

我并非想说应该保留那些贫民居住区。

但是，因为只要有成功者当然就会有失败者，所以失败者和落伍者也必须拥有能让他们体面阳光地生活的街区。

如果将这些街区一律平均化，那么落伍者就失去了生存空间，挫折感不断加剧，他们还会更加憎恶成功者。

　　毋庸置疑，城市形态的变化也是引发这一连串悲惨事件的原因。将一切平均化，只热衷于做表面文章，我认为这与日本现代城市的冷酷无情不无关联。

为什么不能假赛?

近来,相扑界因假赛问题闹得沸沸扬扬。

这种事怎么会打起官司来了呢? 坦率地讲,我不太明白。

最近常在电视和周刊上出现的看法是"大相扑是国技,是保持日本传统的重要竞技项目"。

大相扑运动确实历史悠久,从飞鸟时代和奈良时代起就是一种祭神仪式,是由身强力壮的男子在神面前呈现过人膂力,并向诸神奉献敬意和谢意的活动。

实际上,正因如此,力士们在入场仪式中都要击掌,而横纲(力士的最高级称号)则须腰系"注连绳"。

如此这般,大相扑在初期并非竞技而是祈愿丰收的神事,同样也是余兴活动。但是,到了日本战国时代,各藩的大名开始将相扑作为武士的锻炼活动。织田信长也在每年召集众多相扑力士，就是所谓的"上览相扑"。

其后到了江户时代，开始出现为募集修建寺院神社资金而举行的"劝进相扑"，就形成了延续至今的竞技赛事。

但是，由于力士伤害对手及围观者受伤的纠纷时有发生，一些浪人力士就组成了相扑行会，强化赛事管理并对赛台进行了改良。

改良后的赛台以埋设稻草绳圈代替了人墙。而且，对相扑技法进行了规范化，然后就发展为如今这样的比赛形式了。

当时人气最旺的力士都是大名家族的专属人员，并可得到藩士身份的报酬。不过大半力士却连收入都没有，只能靠自主举办巡回比赛勉强维持生计。

其间经常发生所谓的假赛行为。在进入昭和时代以后，力士就能靠比赛维持生活了。

尽管如此，相扑界的最大收入还是来自所谓"谷町"即后援者的资助。这种状态如今几乎毫无改变。

从以上简述历史可以看出，相扑并非单纯的竞技运动。

倒不如说，力士们被各地的权贵和富翁所蓄养，并遵照他们的意志参加各种仪式和娱乐活动，成为娱乐团体的成员。

如果了解了这些情况,就能充分理解相扑与其他运动项目如棒球、足球和田径竞技等完全不同了。

而且,这项竞技运动只有自己与对方两人交手过招。登上赛台,振臂击掌,只是两个人的角力。

既然如此,那么出现假赛或疑似假赛的情况也就不足为怪了。

因为在职业摔跤及各种格斗竞技项目中也被曝出存在类似情况,所以如果只批评相扑未免过于苛责。

实际上,既然身体缠扭得那么紧密且相互都能感知对方意图,产生那种念头也纯属自然,在考虑该攻还是该退时,对方也会有所感知。

如此这般,发生假赛也是理所当然或者说在所难免。

我观看相扑比赛,特别是坐在"栈敷席"(特等席位)时,就会想起在风情街的艺伎。

力士与艺伎有极为相似之处。

首先,相扑也好乐舞也好,都与各种神事或仪典相关,因而长久以来受到民众的喜爱。

而且,力士也有自己的"谷町",靠他们的资助生活得也相当滋润。他们不仅能像通常的体育运动项目那样从门票中得到收入，还可以堂而皇之地收取"灰钱"。

另外，风情街的顾客常常领着艺伎外出，是为了炫耀自己的雄厚实力和强大气势。而"谷町"领着力士外出其目的也与此相同。

实际上，如今在银座的夜总会等处也可常见相扑教头和力士的身影。但是他们绝不可能自掏腰包。

相扑力士们已彻头彻尾地沉浸在这种世界里，对他们是否假赛争论不休未免过于严苛，或者说太不了解相扑界。

以下是我个人的意见：与其争论是否假赛，还不如在看到假赛时大喝一声"妙极了"，这样才显得更潇洒。

实际上，无论怎样争论假赛，由于双方都不会留下字据，所以根本不可能搞得一清二楚。或许有人会说，那样一来就都是弱势的横纲获胜了。不过，暗送几十万贿赂换来持续胜绩也未必不可说是实力强大的证据。

因为相扑运动是日本宝贵的传统竞技项目，所以大可不必一切都遵照常理。我觉得即便其中存在日本式的暧昧之处，那也算是一种人情世故，没必要求全责备。

爱读的书

我常被问到"爱读的书是什么？"。

坦率地讲，这个问题令我略感尴尬或者说不知该怎样回答。于是，我含糊其词地敷衍"嗯、啊"几声后回答说"没有"。

可是，所谓爱读的书指的是什么呢？

根据字典上的解释，"爱读的书"就是"喜欢读的书"。

若说这是理所当然也确实如此，但"喜欢读"似乎还包含了在漫长人生中反复阅读的意思。

明确地讲，我考虑到这一点就更难以回答了。

这是因为，我虽然常感到有些书确实"值得一读"，却几乎没什么特别想反复阅读的书。

我倒不是说那些书不怎么样，而是因为如果我感到值得一读就会把要点留在记忆中，这样也就没必要重读了。

当然，像学术书籍和有绘画地图的读物则另当别论。但这种书也未必堪称爱读的书。虽说如此，我在年轻时被问到"爱读的书"倒是常常回答"加缪的《局外人》"等等。

我25岁开始写小说以后，确实受到过这些作品的影响。但是，后来也不曾反复多次阅读。

我只是从中感到，在人的内心中充满了暧昧的、非逻辑性的成分。而要问这是不是准确意义上的爱读的书，我就很难说得清楚了。

与其相比，说到我从年轻时就反复多次看过的书，也就是萨德侯爵的作品之类。而且，这些书现在也都完全不看了。因此可以说，我就没什么爱读的书。

关于爱读的书，多数人是怎样考虑的呢？

在杂志和报纸上常有"我爱读的书"栏目，其中都是评论家和大学教授写的文章。

在那些文章中列出的大都是相当难懂的、较为少见的书名。而且外国书很多，普通读者都看不懂，因此就算做出说明也还是似懂非懂。那些大都是有关思想、哲学、宗教以及文章作者个人专业领域的书籍。我在阅读时也会产生疑问——他们真的喜欢那种书吗?

若能做到,我希望他们列举一些读来使人轻松愉快的书籍。难道他们会觉得这样做有损于学者的权威吗?

另外,还有人将小说列为爱读的书。这种情况是因为读者对作品内容和观点产生了共鸣。另外,该作家的文体与读者的欣赏习惯相适也许是重要因素。

这是因为文体与该作家的呼吸息息相通,所以如果文体不相符的话,阅读就会变成一种痛苦。但是,偶尔也会有人把我的小说列为爱读的书。我对此深感欣慰,但同时也会过意不去。

尤其是一听到"这个场面中的这句道白……"之类的话,我就想说"不好意思"。

虽然我没必要对此表示歉意,但毕竟是自己随性所写的作品将读者带入其中,所以心中确实并非毫无歉疚感。

另有一点可以说与爱读的书有点关系,那就是从书架中可以自然推断出主人的爱好倾向。

如果书架中摆满某系列或某作家的作品,基本可推断出主人喜欢某种人的某种书。因此,书架就像主人的秘密基地。而我在电视台来拍摄自己的书房时,会拒绝对方拍摄书架。

因为我的书架上杂乱地堆满了我喜欢的书和无聊的书以

及有幸得到却还没看的书。所以如果引起人们胡乱猜测可就麻烦了。

但是，在电视上出现的大学教授和评论家们，不知是应对方要求还是本人有此愿望，他们会用书架做背景堂而皇之地侃侃而谈，所以我特别佩服。

在这种场合，书架上大都满满地排列着高难度的专业书。或许本人就是想表示自己读过这么多书，但这样做不免令人产生哀怜之感。

如此说来，原首相吉田茂也曾被问到"爱读什么书？"。当时他很平淡地回答说是《钱形平次捕物控》，此事一时成为热议话题。

他是麻生太郎首相的外祖父，还曾当过驻英国大使。而作为英语说得非常流利的大人物，他闭口不谈英文书籍就显得很洒脱。

毕竟是大人物，回答问题果然与众不同。

大人物的书架上应该摆满了各种书籍，想必乐趣无穷。

生日即将到来

在这里谈私事不免难为情,10 月 24 号是我的生日。

其实生口已经过去,采用现在进行时只因本文写在生日的前一天。

每年一到我的生日,熟悉的编辑们就聚集而来为我举行庆生晚会。

我每年都会报告年龄,而今年是 45 岁。

"啊?"也许有人会感到惊讶,但我这样说自有道理。

数年龄时要将"还历"之年作为折返点每年减去一岁。因为我的还历之年是距今 15 年前,所以每年减一岁我现在就是45 岁。

虽然这些年来确实不容易,但我还是变得如此青春焕发。

因此，我在庆生会上说"托大家的福，我今年45岁了"，并一口气吹灭生日蛋糕上的45支蜡烛。

或许有人觉得这太荒唐，但实际上岁数就是这样"取"的，所以谁都无可奈何。

大家都知道，日本语中所谓"取岁数"通常是指逐年增龄。不过，就因为是"取岁数"，所以理解为岁数逐年减少亦无不可。事实上，因为所谓"还历"是指年届60就要返回出生的干支年，所以从此倒数年龄也不足为怪。

因此，我就与长期在我事务所工作的M女士成为同龄人了。而且，因为明年她的年龄会比我大一岁，所以我想我会更加坦诚地听取她的见解。

明确地讲，这样做可使我头脑愈发灵活，也能妥善应对各种状况。

一般都认为，年龄越大知识和经验就越丰富，越能拓展人格的广度和深度。

但是，通过实际体验却会发现，广度和深度几乎都不会有太大拓展。非但如此，年龄越大反倒愈发缺少耐心而更加率性随意。

这种错觉在年轻时也同样会发生。我在20岁前后就曾想过,那些40多岁和50多岁的人总是在考虑艰深繁难的事理。

可是,一旦自己到了这个年龄,就觉得也没什么了不起。我常发现自己只考虑与20多岁年轻人相同,甚至更单纯肤浅的事情。这令我颇感惊讶。

而且,当时我还以为60多岁到70多岁的人心态都很深沉,思想也很崇高。可是,当我也到了这个年龄才发现,别说深沉崇高了,甚至反倒有些任性,总是以自我为中心考虑事情。

我原以为只有自己是这样,问过周围很多人方知大家基本相同——即使上了年纪,思想也几乎都不会变得深沉。

他们只因身为前辈而貌似伟大而已。

如此想来,我就觉得逐年增龄是错误的算法。其实不仅不该增加,反而应该减少。那就把"还历"作为减龄的起点如何?

在生日即将到来之际,我还会想象母亲怀我时的情状。

我能推算出母亲怀我的日期。

在我还是医学部学生时,曾学过孕周推算方法。这是以孕妇怀孕前最终月经推算预产期的工具,能大致准确地算出胎儿几月几日出生。

当然,即使不用这类方法,基本也能推算出来。

通常怀孕期为280天,胎儿成熟即可分娩。

当然,其中也会有早于预产期出生或晚于预产期出生的情况。但是,只要从孩子生日那天倒推 9 个月左右,即可算出母亲受孕的日期。

那我自己呢?因为生日是 10 月 24 号,所以大概是在 1 月底的某一天,我这个胎儿就开始在母亲的子宫里着床生长了。

这是多么喜庆而可贵的事件!

总而言之,我们不仅要祝贺自己,还要把生日当作怀念和感谢父母的日子。

会要站着开

预定从 10 月开始, 每月出版 1 册《放弃尚早: 渡边淳一访谈录之最新医学》。这个系列总共 3 册。

其中前两册已摆上书店。

该系列由两个部分构成。在第一部分中, 介绍了曾为医师的我针对各种疾病及相关治疗向最值得信赖的医师咨询所得到的最新信息。

在第二部分中, 介绍了我召集各类疾病患者请他们坦率讲述接受治疗时的感受。

其中, 在选择值得信赖的医师时, 我考虑最多的就是他们既要学识渊博又要拥有丰富的临床经验。

我这样说, 可能有很多人会想到大学教授和大医院的主任医师,但其实未必如此。

在大学教授中,有些人虽已完成杰出的研究,发表过大量论文,但未必也是优秀的临床医师。

发表论文数量多与临床医术高是两码事。实际上,有很多优秀的临床医师几乎从未发表过论文,也不在医大附院工作。

虽然这个问题意外地难以判断,但在咨询医疗界人士的意见之后,我认为邀请的全是值得信赖的专家。

关于各种疾病中的糖尿病,我咨询了顺天堂大学医学部附属顺天堂医院的副院长河盛隆造先生。在访谈中他介绍了很多富于启示的内容。

一般来讲,糖尿病是指胰腺不再分泌胰岛素,或即使分泌也很少,而且胰岛素本身的作用也变差,导致血液中葡萄糖异常增加。很多人都对此有所了解。据推断,现在日本的糖尿病患者数量不少。

然而,在日本刚刚战败时,却几乎没有糖尿病患者。

毋庸赘言,糖尿病的主要原因就是饮食过量和运动不足。而在那个时期,人们根本吃不饱饭,还要四处奔波拼命干活,所以得糖尿病的人当然不会多。

对于这一点,河盛先生认为:"在这 50 年间,日本人的遗传基因不可能发生改变，所以原因就在于生活条件发生了变化。"

河盛先生还说："人类历史主题之一就是怎样以少量食物维持生存。但是，如果血糖值太低，人就不能精力充沛地活动。因此，当猛兽来袭危及生命时，人体就会分泌肾上腺素等激素，并促使肝脏排出葡萄糖升高血糖值，有助于奔跑和战斗。"

由此可知，过去因为被迫升高血糖值的需要占压倒性多数，所以升高血糖的激素有好几种，而降低血糖的激素却只有胰岛素。

总而言之，我们身体的各种功能依旧如前，尚未适应如今的优裕生活。

其实，我最近也因血糖值有所升高而不免担心。那该怎么办呢？

首先就是减少每晚在外用餐饮酒，但这难以做到。

虽说如此，这些事只要引起重视即可在一定程度上加以控制。但最大问题是运动不足。

由于作家这个行当就是几乎整天都在书房里写稿，所以运动不足也是无可奈何的事情。我也并未做到定期运动。

有没有什么好方法呢？据河盛先生说，只要站立也能达到相当好的运动效果。

这种程度的运动我能做到,而且实际上我正在做。于是,我想起了演讲时的姿势。

一般来说,站在台上讲一小时或一个半小时相当疲劳。首先是口干舌燥;其次是讲完坐下后就不想再站起来。

站姿与坐姿所使用的肌肉及负担确实完全不同,站姿的能量消耗比坐姿大得多。

既然如此,那么站着看电视和读报纸也许就是强度相当大的运动。干脆写稿也站着吧!

总而言之,只要站立就等于在运动,所以平日运动不足的坐班族也最好注意尽量增加站立时间。

在上司指派工作时也要爽快地起立应声,协商工作时也站着交谈。

如此说来,还有公司开会。我听到过很多人的负面议论,说开会总是啰里啰唆、意义不大,往往流于形式回避矛盾。

既然如此,那就站着开会怎么样?

如果这样做,交换意见会更加活跃,还能尽快得出结论,并且兼顾了运动,也许是一石三鸟……

对选拔制的思考

在职业棒球新选手选拔会议上，各球团提名的新选手受到报纸电视等媒体的大肆热炒。

据说，此次获得提名的新选手合计达 68 名。

其中，备受瞩目的大田泰示内野手的交涉权被巨人队获得。此事受到最为轰轰烈烈的报道。

另外，得到横滨队与阪神队第一位提名的松本启二郎外野手被横滨队获得，而乐天队与中日队争夺的野本圭外野手则被中日队获得。还有在两年前希望进入巨人队却未获提名而进入社会人棒球队的长野久义外野手，在这次选拔中得到乐天队第二位提名，也成了热门话题。

另外，此前一直表示要加入大联赛的田泽纯一投手未得到任何球队提名。他说"自己挑战美国大联赛的想法得到了理解，感谢国内的十二个球团"。

报纸上还异常热闹地登载了获得各球团提名排位靠前选手们的喜悦表情和感言。

明确地讲，我对职业棒球不太关心，顶多只是在电视报道中了解一下当天的结果，心想也就那么回事。而且没有特别偏爱的球队。

我觉得关注比赛所耗费的时间有点太可惜了。这才是我的真实想法。不过，我对职棒新人选拔会倒是特别关注。

其原因是，我认为在这个选拔会背后潜藏着形形色色的人间戏剧。

这是每年的例行程序，而在多名新人得到职棒球团提名的背后，是大致同等人数的老选手被解雇。

今年也是同样，这68名新人能否全体入队暂且不论，由于各球团保有的选手人数大体固定，所以同样人数的老选手被解雇也在所难免。

而在即将被解雇的二三十岁的老选手中，有些人已经结婚并有了孩子。

当我想到这些时，就觉得选拔制也是一场残酷的戏剧。

在得到提名满面春风得意登场的新人背后,是那些离开赛场,失去作为职棒选手的自豪感和职业的老选手。

以前电视上就曾报道过这些选手的情况,年届30的某选手已有了漂亮的妻子和可爱的孩子。

接到解雇通知的他为寻找新雇主需要去各球团接受考评。

那天早上,两个孩子一同写下"爸爸加油"的寄语并送他出门。但是,最终他却未能得到雇用,沮丧地回到家里跟妻子商量今后的生活。

当我想到有多少新人加入球团就会有多少此类悲剧发生,心情就会沉重不堪或者说非常难过。

实际上,那些男人从年轻时起就对棒球倾注了全部热情,而现在却突然叫他们放弃棒球去做其他工作,恐怕会一时无所适从吧。因为越是曾经一门心思投身于棒球运动的男人就越是难以转型。

这不仅限于职棒运动,像足球联赛和其他各种职业运动的选手也许都是如此。

有很多人看到松井秀喜等球星的巨额年薪都会非常惊讶和艳羡不已。但是,他们都属于少数特例,绝大多数选手的收入极低,根本无法与之相比,甚至还没出名就被解雇。

从这种严酷性来看，我觉得当工薪族既轻松又安全。

虽说如此，那些年纪尚轻就被解雇的选手与仍在活跃的现役选手之间会有多大差距呢？

他们在年少时从全国各地选拔上来成为职业球员，所以无疑都具备出类拔萃的体力和球技。

可他们中间为什么 A 留下，而 B 却被解雇了呢？

我认为，其原因不只是体能或技能的问题。这些方面当然也很重要，但同时精神力量无疑也会产生重大影响。

例如，在进入球队之后，职业道路有时会很顺利，但有时也会被撤出正式队员阵容降格为预备队员，甚至只能当陪练投手或只负责捡球。

有的队员在这种时候也不会意志消沉，时刻保持积极向上的心态。而有的队员却只因暂时被撤到二线就灰心丧气，失去了自信。

而这里最重要的就是"钝感力"。

我倒不是拿自己的原创来说事，但积极意义上的迟钝确实不可缺少。

不要太敏感、太脆弱，即使被撤为预备队员也要保持阳光心态和积极进取的姿态。毋庸赘言，越是职业选手就越需要这种钝感力。

这种在逆境中决不气馁并重振雄风的钝感力，也正是造就优秀选手的原点。

实际上，著名职业选手中有很多人都看似迟钝却非常坚忍不拔。

在以前的职棒选手中，我认为最具钝感力的就是那位长岛茂雄。这方面的情况我会另找机会撰文论述。

为何产生田母神俊雄论文？

最近，报纸和电视等媒体大肆报道有关前航空自卫队幕僚长田母神俊雄论文的话题。

我认为，此人发表的论文确属独断且有失偏颇，而对此进行大肆报道的媒体的意见也同样未能触及实质性问题。

该论文说，日本并非在未知会朝鲜和中国等国的情况下单方面出兵，而是被蒋介石拖入日中战争。如果说日本是侵略国家的话，那么要问在当时的列强中哪个是非侵略国家？亚洲多数国家都对大东亚战争予以肯定性评价，所以把日本说成侵略国家纯属冤枉。

以上是田母神论文的概要。这种说法显然是极大的谬误。

事实上，在1995年发表的"村山谈话"中已明确承认，昭和时期的战争是日本在错误国策指引下进行的殖民统治和侵略行为，给亚洲各国人民带来了损害和痛苦。

可是，田母神却说这样讲是错误的，日本并未侵犯亚洲各国，说日本侵略纯属冤枉。这个身居航空自卫队幕僚长职位的男人为何说出如此愚蠢荒谬的话语呢？

原因很简单，就是由于他几乎完全不了解日本过去发生的事实，而且没有任何相关实际经历。

日本战败时我是小学六年级学生。当时我住在札幌。在此前的小学低年级时，我曾住在北海道砂川市。

我在那里目睹过难以置信的可怕景象。

在砂川市区边缘的山下，流经峡谷的河边有一片煤矿工人的工棚。因为当时我家亲戚就在那座山上经营报亭，所以我有时会去那里玩耍。亲戚严厉警告我"不要下山去河边"。

我听说那里有朝鲜人的工棚，工人们总是饿得"哎哟、哎哟"地哭叫，而且常常挨打。

还有一次，我听到正街上吵吵嚷嚷，出去一看，只见一个几乎全裸的朝鲜工人手脚吊在木棒上被拉走。听大人们说，那是因为他违抗日本工头而受到了惩罚。

另外，在某个冬日，朝鲜人来帮我家清除房顶的积雪。当我母亲递去热饭团时，他高兴得流出了眼泪。

他们为什么会来日本做这种艰苦的重活呢？原因只有一个，那就是被日军抓住并强掳到日本来。

现如今这种事已不可想象。但在那个时代，政府对儿童也灌输歧视朝鲜人的观念，说他们动不动就哭。而对中国人也曾用过"中国佬"这种侮蔑性的词语。

欧美等国家确实也曾对亚洲实行过殖民地化，但日本还曾强迫朝鲜人全部使用日本语，甚至连名字也要改成日本式，并对其传统文化进行了破坏。

直到战败为止，日本人抓走了大量朝鲜人和中国人并强迫他们在煤矿等处干活。

除以上事实之外，还有战争期间日本军人那种变态的骄横行径。所以只要认真想一下，就能明白日本发动侵略战争，推行殖民政策虐待当地人民已是不容置疑的事实。

田母神俊雄对此毫无亲身经历。因为战争结束时，他还没出生。

既然如此，他是不是应该认真学习这方面的历史呢？

然而，在他小学毕业上初中时，日本的历史教科书里可以说从未涉及这方面的史实。

既然如此,有人不知道日本发动过侵略战争也就不足为奇了。而且,对田母神俊雄做出批评的媒体也对过去的日本了解甚少。

实际上,媒体针对此次事件的评论中,大都是"对言论自由的误解""阐述历史观不是幕僚长的职责""文官治军有问题"之类脱离现实的论调,并未触及侵略的事实。

也就是说,现如今媒体第一线的记者们也不了解日本过去犯下的战争罪行。

怎样才能纠正这种"散焦"状态呢?

最重要的就是在历史教科书中精准明确地记述日本作为侵略国家肆虐亚洲各国人民的事实。

将自己国家所犯罪行客观地告诉孩子们,虽然他们了解这种实情会感到痛苦,但只有通过这种方式才能真正达到与亚洲各国的互解互谅。

前往神之国——出云

　　我为写寻访海岬的文章去过出云和隐岐岛取材。在 11 月初，我接着上回又去了一趟出云。

　　这次是去那里做演讲，也是为了看看"迎神祭"。

　　我想很多人都知道，10 月有个别称叫"无神月"。但准确地讲应该是旧历十月，因此相当于从公历的 11 月中旬开始。

　　那这个月为什么又叫"无神月"呢？

　　因为一到这个月，全国各路神仙就离开驻地聚集在出云大社，对世间诸缘（农事、人事）进行"神议"（商议）。

　　由于出云当地的人们不能妨碍诸神聚议，就把本月称作"忌月"（"神在月"）而恭谨肃静度日。

　　虽然全国各地将本月称作"无神月"，但出云由于各地诸神聚会于此,所以将本月称作"神在月"。

而统领全国诸神的就是出云大社供祭之神——大国主神。

据说,这个名称意指统治大国的帝王。但另有一说认为指的是出云国东部意宇国之主。

据记载,大国主神为素戈鸣尊之子,与少彦名神合作统领天下,完成了苇原中国的建国大业。

如此这般,大国主神自古以来作为建国之神、农业之神广为民众所信奉。

我此次观看的"迎神祭"于11月7日在出云大社附近的稻佐海滨举行。

当晚,我在6点多抵达这里,海滨已是人山人海,甚至难以接近举行祭神仪式的帐幕。

当地人自不必说,从县内各地及邻县甚至关西、东京都有很多游客信众聚集到这里。

因为据说这里准备的四千支"御币"顷刻间即分发完毕,所以人数可能达五六千吧。

时间来到傍晚6点半。在熊熊燃烧的篝火前,"权宫司"(副长老)诵读祈祷文。

神职人员直接抬起"神篱"行走1.5公里,信众排成长队跟在后边行进。

我听出云的朋友说,此时海面会高高涌起浪潮,然后冲向海滨,确实有种诸神驾临的感觉。

据说,此时正值出云一带从秋季转入冬季时期,因此暴风雨较多。不过 7 号夜晚只下了小雨,天气较为平稳。

或许因此未造成明显的浪潮来袭的紧迫氛围,但确实感到诸神已在熊熊篝火直冲夜空时降临。

总而言之,现如今这种祭神仪式已不多见,希望更多游客来此观看。

出云目前正值"神在月"。全国各路神仙聚集于此商讨天下万事。

若真如此,我真想拜托各路神仙也商讨一下日本的现状。怎样才能摆脱目前这种不景气的困境,并尽快使国民生活安定下来?

可这样做恐怕与拜求政治家没什么两样。

不过,如果连那些事都想拜神求仙的话,那可真成了"急来烧高香"。

除此之外,出云大社掌管姻缘的神仙也很有名。

尤其是到了"神在月",各路神仙聚集于此为各种结缘进行会商。

正因如此,那些祈求结缘的人来出云大社拜拜神仙也许十分必要。

例如,希望跟某人深结善缘的人,当然还有想跟意中人喜结良缘的男女,渴求新的相遇的人,以及愿在各方面加深友情的人。

如此说来,最近好像有很多情侣长期交往却迟迟不结婚。据说,这种情况大都因为男方不主动明确表态。

既然如此,那就索性把态度不明确的男友带到出云大社去一起拜神吧!然后对他说:"我们一起拜过结缘之神了,要是不结婚就辜负了神仙的天作之合哦!"

包括这样的缘由,出云之所以给人豁达开朗和底蕴丰厚的感觉,或许就因为这里是诸神会聚的土地。

幻想的背面

前段时间，我去了石川县的沿海城市白山市。

这里为纪念当地出身的作家岛田清次郎创立了"岛清恋爱文学奖"。

今年举行了第15届颁奖仪式。我从该奖项创立之初就担任评委。本届的获奖作品是阿川佐和子的《婚约之后》。

我此行的目的是出席授奖仪式并做演讲。

在白山市还设有面向当地小学、初中、高中学生的散文奖等。散文奖的对象多为随笔，本届获奖作品出自初中生组。而高中生组和小学生组只有鼓励奖和佳作奖。

我询问当地的评委老师："是不是没有特别好的应征作品？"对方回答："很多都是空想式的或者说幻想式的文章……"

他说此话的本意好像是希望看到脚踏实地、富有真实感的作品。

直率地讲，我听到此话深感意外。

即便不提我的童年时代，直到几十年前，幻想还是略显遥远的世界。当然，虽说儿童的幻想力远远优于成年人，却几乎没出现过写作幻想小说的儿童。

但是，现如今情况已发生巨大变化，比起脚踏实地的散文，他们居然能相当自然地写出幻想题材的作品！

这种倾向似乎不仅限于白山市。

我前些天见到的东京某附中老师也说"现在的孩子们喜欢幻想题材作品"。

如此看来，也许喜爱幻想题材的倾向并不限于某个地方，而是全国性的。

实际上正因如此，那部《哈利·波特》系列才会空前热销——这一点完全能够理解。

现如今更是毋庸赘言，儿童总爱梦想，特别富于梦幻式的想象。

所谓的成年人往往容易被凡俗而现实的观念束缚。与其相比，儿童的想象则总是格外自由奔放。虽说这是儿童的特性或特权,但只有这一点也还不够。在具有幻想特性的同时,还需具有牢牢扎根于大地审视现实的眼光。

例如前面提到的散文,首先就要多与接触现实社会的父母、兄妹、朋友、街坊邻居叔叔阿姨们直接交流,把得到的真情实感完全融入身心,并进行广泛深入的思考,勇于实践。在了解他人经历的基础上展开梦幻想象的翅膀,把这种奇幻元素写进作品。这也是生活在现实当中得到的财富。

但是,近年来儿童们却总是宅在自己房间里,除了学习之外就只是看电视和沉迷于玩电游。

这样当然没有机会主动与各种人接触,人际关系也会渐渐淡漠。

再加上周围充斥着奇幻题材的影视剧,他们就感到很神奇很刺激,并深信只有那些影视剧才可以供其快乐地欣赏。

但是,人如果总是观看这种充满奇幻的作品,就会渐渐脱离现实变得头脑简单、精神空虚。

偏好幻想并一味追求神奇还有更可怕的后果,那就是忘掉了现实只能看到幻想中的世界。

前不久袭击原厚生事务次官住宅的凶犯、秋叶原无差别杀伤事件的凶犯等,他们都存在着共同的问题,即现实感的缺失。

其根本原因可能是失业、孤独感、焦虑感等。如果人脱离社会、长期沉迷于某件事物中后，就会飞翔在梦幻世界中。

说到飞翔，听起来似乎很酷，可实际上却是一种唯我独尊的状态，即只根据个人的判断做个人想做的事情。

这样做会给受害者和社会带来何种悲剧？他们当然不会考虑后果，也想象不到这些后果。

"现在的孩子们爱梦想，喜欢奇幻题材"听起来很不错，但只要走错一步，那种盲目自信难免成为可怕犯罪的温床。

梦幻和想象本非坏事，但也不应忘记从梦中醒来后要面对现实，并培养积极参与社会的能力。

医生也会变成患者

近来,我的右肩和上臂部位开始疼痛。不过,只是穿内衣和外套时伸胳膊有些刺痛而已。

这种刺痛稍早前偶尔发生,但最近感觉越来越明显了。

这种症状的准确说法是"肩关节周围炎"。

或许有人会问:"你怎么那么有把握呢?"这是因为我曾在医大附院当过很多年整形外科医师。

虽说我倒也并非因此而这样讲,但民间有个俗称叫作"五十肩"。

一般来说,有的人到50多岁时会出现从颈肩到上臂僵硬疼痛的症状而备受困扰,所以常用这个名称。

特别是女性,过去因为总穿和服,得了肩周炎就很难将手臂扭到背后系带。而且会影响扭动脖子和抓挠背部,更严重时连擦屁股都很困难。

说到我的情况,虽然还不至于那么严重,但有时一不留神把手臂扭到背后就禁不住喊"痛"。虽说不活动就不会痛,但如果缺乏活动就会越来越僵硬。

那么,这个病该怎样治疗呢?

运动身体最为有效。另外,在恰当的时机进行按摩和针灸也有一定帮助。

我长年歪着脑袋写稿而且只用右手,因此或许只是右肩不好,也可说是一种职业病。

可能有人会说,那你就别写了嘛。但我还有想写的东西,所以暂时不会停笔。

因为别无良策,所以只能采取加强运动、适时按摩、局部热敷、服止疼药等方法治疗。当然,除非迫不得已,我尽量不服药。

总之,这种病的特点就是如果不介意倒也不是什么大问题,可如果介意就是个事。

此刻,我想起自己以前当医师时为同样症状患者治疗的经历。

当时我还是 30 岁左右,对上年纪患者的痛苦没什么切身感受。

听了患者的倾诉，我为他们开出药方，并建议他们进行热敷和运动。而当这些治疗效果不明显时，我就忍不住说："无论怎样豪华的房屋，经过四五十年也会出现破损吧？因为您的身体已经使用了 50 多年，所以有点儿疼痛要忍一忍。"

其实我说这话是因为有些厌烦，而现如今我也处于与他们相同的境况。

我的身体已使用 70 多年——这当然是我对自己说的话。

虽说这是无可奈何的事情，但又觉得房屋与人体有所不同。

因此，我还想向当年我对他们讲过那种话的患者说声"抱歉"。但坦率地讲，我并不清楚当时听我把身体比喻成房屋的患者是什么心情。

虽说倒也并非由于这个原因，但医生有时确实很难做到真正站在患者的立场上看问题。

虽说不景气

恭贺新年！

今年也请多多关照！

虽然我在文章里这样写，但其实还没到新年。

因为这篇文章已确定新年与大家见面，所以我才这样写。

新年伊始，大家可能最先问到今年会是什么样的年份。

那么，今年对于这个问题的回答比以往任何一年都明确。

对了，回答就是"大不景气之年"。

我想大家对此都是同样看法。这个预测不会有错吧？

不过，今年的不景气真有那么悲观吗？

可能因为我生性就爱拧着来，所以越是听人说不得了、不得了，我就越是觉得没那么夸张。

我的最大理由是,就算不景气,也并不意味着马上就没吃没喝活不下去。

我们确实可能不得不降低生活水平,但这并不意味着街头会出现因饥饿倒地而死的人。

我这样写可能遭到反驳:"你说什么呢? 如果那样的话,日本不就完了吗?"

但是,在二战刚结束时,我们的长辈就曾经历过这样的年代。

昭和二十六年(1951)我初次来东京时,就在地铁银座线浅草站站台边看到有过路人倒在那里死去,身上还盖着毛毯。

此外,因为粮食困难,东京某些旅馆只向自带配给大米的房客提供饭食。

或许有人对我这样拿战后困难时期与如今相比感到诧异。不过,当时我还年轻,日本正处于结束战争走向重建的时期,大家都振奋精神鼓足干劲向前奔。

可能就是因为我经历过那样的时代,所以觉得目前的不景气算不了什么,或者说仍保持乐观态度。

日本在战后时期也曾遭遇各种不景气,经过努力克服后才有了今天。

当时,大家都说厕纸会断货而抢购囤货。但我对此深感诧异,不知这种恐慌因何而起。

这也是因为从战争期间到战后一段时间就没有厕纸这个东西,以前用的都是报纸和杂志,折叠起来放在厕所里。

当然,大家在方便后用的都是这些纸。因为比现在的厕纸硬,所以使用时先得用手揉搓。在擦的时候有些疼,而且有时铅字的黑墨会抹在屁股上。不过这倒也没什么。

因为我经历过这种生活,所以即使没有卫生纸用也能过得去。

虽说我无意在此介绍经验,但毕竟有过更艰难的生活经历,所以现在就算不景气也不至于惊慌失措。

现在与那时相比已相当不错,完全可以从容面对。

这也是广义上的钝感力。越是上年纪的人钝感力越强,就因为他们历经艰辛养成了坚忍不拔的精神。

我写到这里极为自然地想到,现在笼罩在日本和发达国家的不景气应该是一种奢侈的不景气。

此前日本人一直生活在世界上有数的几个奢侈社会中。

从各种新款汽车到电器产品,从各种美食到时装,日本人已过惯了奢侈品应有尽有的生活。而且,就从这一两年前,人们对于过度奢侈或物资过剩的状况已开始感到疲劳。

或许也有人会说没有的事儿！我们还远未尝到奢侈的极致呢！

不过，即使是这样的人，如今也在节食减肥。家中充斥着各种生活用品忙于整理，甚至连收纳过剩衣物的空间都没有了。

而且，各种款式的新车也已玩腻，现如今连停车都成了大问题。

这时，人们就想摆脱厂商的广告宣传和商品信息，回到自己的生活节奏缓口气。

汽车和电器厂商等开始走下坡路就是由此造成。这是现如今不景气的一个很大的原因。

既然如此，怎样摆脱这种不景气状况呢？答案很简单，就算不景气也不必惊慌失措。

这种不景气与新兴国家和发展中国家的贫困相比，仍存在天地之差。

我们应该重新认识这个问题，不慌不忙步伐稳健地继续前进。而且，趁此机会检验自己能经受多少困苦也并非坏事。

总而言之，我们可以借此检验自己的承受能力。

若以这种姿态奋勇向前，定能轻松愉快地渡过难关。

那么,还有新年贺卡。

我每年都要在"恭贺新年"之后再写上自己新作的俳句。

今年是这首:

　　辞旧又迎新,却留烦恼未除尽,何以堪此情。

抗增龄之考辨

有个词叫"抗增龄"。

我不太清楚该词的原意,而且这个外来语的发音听起来也很别扭。

这种词怎么会流行起来? 我感到不可思议,实在无法理解。

所谓"抗增龄",简单地讲就是对抗由增龄带来的体貌持续老化吧。

总而言之,就是对抗由增龄带来的自然老化。

首先,像"对抗"这个词就很莫名其妙,给人一种凡是介意老化的人都在对抗社会发展潮流的印象。

实际上,只要在网上搜索"抗增龄"一词,就会突然出现"年轻化"这个词。而且,街头巷尾到处都充斥着"美容外科""美容皮肤科"及所谓能有效对抗衰老的医疗用品广告信息。

另外还有所谓"日本抗增龄医学会"乃至"日本抗增龄协会",以及由该学会认证的专科医师和导师。据说还有相关市民公开讲座。但是,像"抗增龄医学会"这种名称,简直是荒唐无稽。

能不能起个感觉稍好的柔性化名称呢?

而且,居然还有相关学会认证的医疗设施乃至导师!既然如此,加入该会的医师在自我介绍时是不是要说"我是抗增龄学会认证医师"呢?

不仅如此,那些抗增龄医学会员在自己增龄时又该怎样呢?是自然退会呢,还是因为本身就是抗增龄工作者所以继续努力从事美容整形呢?

前不久,我也在某杂志与另两位作家就抗增龄问题进行过三人谈。

可能因为我看起来比实际岁数年轻,所以被人们认为也在抗增龄。但其实并非如此。

我倒没刻意抗增龄,而是顺其自然地生活。

听我说这话,某编辑问道:"可是,你如今仍在写男女关系题材的小说,而且不是还常去银座的夜总会吗?"

确如他所讲,对我来说,男女关系是永远的小说主题。而且,现如今我依然关注女性,并常去银座的夜总会与年轻女性交谈。

有很多人认为,这种做法本身即与普通老年人不同,应视为与年龄不符的抗增龄行为。

可是,我到了这个年龄扪心自问想做的事是什么,回答就是只有同女性一起用餐和聊天。

总而言之,这是坦率地顺从个人心愿和本能欲望的结果。这不是什么"抗增龄",准确地讲应该是顺从增龄即"自然增龄"。

或许有人会说:"不,那正是抗增龄。因为普通的 70 多岁的大爷们不会去做那种事。"

年过 60 岁的大爷们多数都不会主动与周围人打招呼,顶多也就是跟家人平静地交谈,偶尔露出笑脸也只是在见到孙子的时候。除此之外,别说对妻子了,对其他女性也毫无兴趣。

他们穿衣服也很简朴,根本不会穿红色或粉红色服装,而且也已经很难搭配得体了。

另外,他们随着年龄增大还会常常腰腿疼,去医院次数也愈加频繁,然后就总是宅在家里。

以上是多数普通人所想象的老年人形象,并深信那就是"自然增龄"的实际状态。

然而,明确地讲,实际情况并非如此。

上述情形确实并不少见,但这是由于人们都认为按照传统观念就应该那样做。但从某种意义上讲,那只不过是顺从环境要求行事而已。

总而言之,随着年龄增长,人们都会随心所欲地做自己喜欢的事。

而板着面孔宅在家里的状态难道不正是对抗本能的抗增龄行为吗?

不管怎样讲,老年人想返老还童的心愿和不愿向年轻人服输的努力怎能说成是"抗增龄"呢?

我认为这才是"自然增龄"。希望大家慎重使用词语。

佐多岬纪行（一）

我从小时候起就爱看地图。

打开日本地图，嘴里模仿蒸汽机车"噗噗噗"的喷烟声，手指沿着铁路线划过各地的城镇村庄。

当然，现如今蒸汽机车都变成了电力机车，所以不是"噗噗噗"而是"嘶嘶嘶"了。另外，新干线变成"轰隆隆"了。

因为这样只需用手指划，所以哪里都能去，而且不花钱。

我在地图上旅行，终点总是岬角。这就是所谓的天涯海角。铁路线当然不会延伸到那里，其中大多数都要在岬角附近的火车站下车，换乘汽车或其他交通工具。然后，前方就是岬角。

那里的最前端是什么样呢？我充分发挥各种想象，尽情放飞梦想。我在玩这种地图游戏时总会想到佐多岬。

我小时候就知道这座海岬的名字。

因为那里是九州最南端的海岬。日本国土面积不大，是南北狭长的列岛。佐多岬就位于遥远的南端。

当然，在佐多岬前方还有种子岛等一连串岛屿。但因佐多岬位于九州这座大岛的前端，所以特别显眼。

那里究竟是什么样的地方？怎样才能去佐多岬呢？

在围绕鹿儿岛湾的两座半岛中，去佐多岬必须从东边的大隅半岛南下。但是，这座半岛的海湾沿岸没有铁路线。其实曾经有过，但如今好像已被废弃。

如此偏远的海角佐多岬究竟是什么样子呢？

我自幼心怀的梦想终于要实现了。

我此次选择佐多岬的另一个原因是冬天待在家里太冷。

于是，在12月的最后一天，我和编辑Y君等人乘坐早8点从羽田机场起飞的航班，前往第一站鹿儿岛机场。

从羽田机场出发后2小时到达鹿儿岛机场，然后驾驶预先租好的汽车经九州公路向南行驶。

其实，这是我初次踏上大隅半岛。

鹿儿岛我倒是去过多次，但都只是从机场南下西边的萨摩半岛。但是，这次我要去东边的大隅半岛。首先，我们从机场向南行驶数十分钟,正面就出现了樱岛。

毋庸赘言,这座岛是鹿儿岛的象征。其中心由北岳、中岳、南岳三座山峰构成,以前曾反复喷发过多次。

特别是在大正三年(1914)大喷发时,喷出大量岩浆,导致樱岛与大隅半岛相连。

那次大喷发的余波断断续续直至今日,现在南岳还有喷烟。但遗憾的是此时天空阴云密布。

不过,由大量熔岩凝固的山体威严庄重地屹立在正前方,就像当地出身的维新英杰西乡隆盛。

看到这座樱岛,连作为旅行者的我都感叹:"啊,我来到鹿儿岛了。"那么,鹿儿岛出身的人看到后,心中必定充满重回故乡的安心感和怀旧感。

由此驱车进入国道南下,樱岛一直矗立在车窗前方,仿佛向我招手。

我来这里后再次了解到,右侧是鹿儿岛湾,左侧是稍高的台地,汽车就在其间的狭窄公路上穿行。

毕竟已到12月底,气温是10度上下。虽然无风却略有凉意,但确实不愧是南国。

平静的海面上渔船星罗棋布,听说这里是鲕鱼的养殖场。

汽车沿国道继续南下,刚才位于正面的樱岛向前方偏右缓慢移动,再行驶近 1 小时后就几乎完全转到了正侧方。

这里就是前文所讲在大正三年樱岛大喷发中向东涌出的岩浆与大隅半岛的连接处。

因此,公路从这里先进入樱岛并立刻来到岔路口,一条路直接通向岛内,另一条路则再次离开樱岛南下。

我们的车当然立即离开樱岛,再次向南驶往大隅半岛。

明确地讲,在拥绕鹿儿岛湾的两座半岛中,这边的台地和山地较多。而且,因为远离鹿儿岛市区,这里人口也很少,几乎没有大城镇。即便如此,这里依然随处可见各种烧酒小店的招牌。真不愧是鹿儿岛县。

我强忍想进店喝酒的冲动继续前行,正侧方的樱岛渐渐移向右后方,越来越模糊了。

就这样,从机场南下约 3 小时后,我终于到达期待已久的佐多岬。

佐多岬纪行（二）

　　我听同伴说"这里是佐多岬"，便下了车，但并不等于从这里就能看见海岬。

　　要想看到最关键的海岬，还得从这里穿过隧道登上断崖。

　　在车道终点的广场上，首先映入眼帘的是一棵大榕树。

　　那棵大榕树与其说巍然耸立，莫如说雄踞宝座君临四方。从其巨大主干伸出的无数虬枝相互缠绕狂舞。

　　我深感震撼之余将视线投向右方，那边有个黑黢黢的隧道入口。我在售票处交过 3 百日元入场费后走了进去。

　　隧道长度大约 50 米，穿过隧道后，有座由岩石和树木环绕的广场。我就从那里走向海岬的观景台。

　　据说前边修了游览步行道，我就放松心情向前走去。可是，步行道在途中却变成险峻的坡道,每登一级台阶都得"呼哧呼哧"喘粗气。爬了 20 分钟,当我感到再也爬不动时就到达观景台了。

我以前游览过各种各样的海岬,但像如此险峻的山路还是第一次。我再次反省自己必须进一步增强体力了。

如此这般,我终于来到了观景台。我以为这里就是海岬的最前端,可这里却是名副其实的"观景台",关键的最前端还在前方。

不过,来到这里就已经能展望全景了。

我所期待的海岬最前端,是这座观景台前方跨过海面的高耸岩礁。星星点点的礁石延续到那里为止,再向前就是一望无际的太平洋了。

在那座岩礁上矗立着一座灯塔,其白色塔体在蔚蓝色海面的映衬下显得格外醒目。

在我们站立的位置后方还有一座灯塔,据说现已弃置不用。

取而代之的就是正前方岩礁上这座灯塔,这是由英国技师建造的、日本最早的洋式灯塔之一。

它在黑夜里射出光柱,指引经由海岬的航船。不过,究竟是谁会去那座断崖灯塔上？它又是怎样持续发射光柱的呢？

我想，如果是一个人待在那座断崖上，也许会深陷孤独生不如死。可是，有人告诉我灯塔已实现自动化，上面不需要人工看守了。

"那太好了！"我无由地放下悬着的心。

我重新站在观景台上，看到在铁树和椰树枝叶环绕的一角立着写有"本土最南端——佐多岬"的标牌。

这一带处于雾岛屋久国立公园范围内。据说，天晴时在这里能看到相反方向萨摩半岛的开闻岳、种子岛等。

遗憾的是，那天我只能看到正三角形的开闻岳。

在旁边的椰树上还挂着一块木牌，上面写着"北纬31度线"。

原来如此！东京大约是在北纬35度到36度之间，所以这里处于东京向南4、5个纬度的位置。

我继续查看，只见上面还写着相同纬度的其他城市，如：上海、开罗等等。

这时我才知道，九州最南端与上海处在同一纬度。不过感觉有点儿冷啊！我赶快把围脖拢了拢。

但是，再过1个月左右，日本本土最早的春天就会造访此地。

这里在隆冬季节都如此绿叶繁茂,到了春季该会多么灿烂美丽啊!

我不由自主地朝海岬前端挥挥手,然后离开了观景台。

从观景台踏上归途,下山时就可以从容不迫地观赏周围景色了。

此时我再次注意到,道路两侧的椰树、铁树、文殊兰、蒲葵等植物枝繁叶茂,非常养眼。

除此之外,在小路的斜坡上还星星点点地开着红色和黄色的小花,平添了些许温馨色彩。

我采了些野花回来,与花卉图鉴比对却没弄清楚是什么花,总之像是某一种菊花。

在这个季节能开出如此可爱的花朵,真不愧是南国。

虽说如此,我也算是千里迢迢地来到了天涯海角。

这座岬角虽说是九州最南端,可来访者却意外地少之又少。

这次我在观景台遇到的只有一对男女。

此前在半路看到的御崎神社也是毫无动静,而刚才穿过隧道后看到的那家餐厅也关门大吉成了废屋。

看来很少有人愿意从鹿儿岛机场驾驶汽车或摩托车跑到这里来游玩。

由此看来，海岬中也有易于招徕游客的和难聚人气的吧。

虽说这都是因为路途遥远而无可奈何，但我却愈发被难聚人气的佐多岬娴静的姿影深深吸引而流连忘返。

佐多岬纪行(三)

我们从岬角返回,想到再跑 3 小时回头路没什么意义。

我们决定从另一侧的萨摩半岛返程,于是乘渡轮跨过鹿儿岛湾前往指宿。

这段旅程需要 40 分钟。前方迟迟未暮的天际下可见开闻岳。这座山海拔约 924 米,呈端正的三角形,而且峰顶相当锐利。单从形状来看,应该说比富士山秀丽。

据说这周围既有自然公园、自驾车露营地还有高尔夫球场。但我们没去那些场所,而是直接前往指宿。

以前曾去过附近的池田湖,但此行未重访故地。

当然,来到指宿就不能不去体验温泉和沙浴。

我赶紧换上酒店出租的沙浴衣去了海边,只见沙滩上有好多空位。

我在其中一处躺下，工作人员就从左右向我身上埋沙子。

刚开始时感到沙粒有些粗涩，但随着全身都被沙子盖上就渐渐有了热度。

虽然眼前是冬季的大海，但身体却暖烘烘的，这种反差倒是挺有意思。可脖子已被固定，所以不能自由地环视周围风景。

我无可奈何地仰望暮空，感到自己像被暖沙捕获当了俘虏。

就这样过了 20 分钟，且不说融融暖意究竟怎样，反正我感到有些憋屈就逃出了沙堆。

但是，有些女游客好像还要埋上几十分钟乃至近 1 小时。虽说在酒店的告示板上写着沙浴能治各种慢性病，可多数女性也许是为了瘦身，甚至期待达到美容效果。

沙浴确实能使全身温热感觉舒适，但我认为这与温泉的疗效基本相同。只不过埋在暖沙里能带来某种紧迫感，这一点倒是确切无疑。

我个人觉得，后来去泡露天温泉的感觉比这个要好许多。

说到指宿，它与去年播出长篇历史剧时备受热议的笃姬也有不解之缘。

于是，第二天我就去曾为笃姬娘家的宅邸等处看了看。笃姬年少时就住在这里。

这座宅邸遗址周围的古老石墙，以及笃姬幼时玩耍过的沙滩和沿岸的松林都保留着往日的风貌。

此外，在去年的"笃姬热"中还创建了"指宿笃姬馆"，听说里面展示着电视剧中笃姬穿过的服装以及布景道具等。在电视剧热播期间那里也是观众爆棚，但在播完之后就很快变冷清了。

在我游览这里时，宅邸遗址只有两三对游客。

虽说这也是正常现象，但还是令人感到十分无奈。

返程从指宿沿国道线北上，途中穿过左侧山地进入知览町。

这里作为保留武士故居的街镇和知览茶的产地也是远近闻名。

不过，更令人难忘的是，在第二次世界大战末期，这里成为冲绳战役的一个特攻基地，很多特攻机就从这里起飞。

在这里有座纪念馆，陈列着当时使用过的零式战斗机、特攻队员们穿过的飞行服，还有他们在起飞前所写书信和集体签名寄语以及各种照片等。

然而，那真是他们自愿去送死吗？当我想到他们所有的书信都要被严格审查时，心里更加痛楚不已。

当我想到那些特攻队员对此一无所知却深信死乃大义并驾机赴死，再次认识到当时从幼年时代到青年时代的教育有多么可怕。

我从这里返回国道，径直奔向鹿儿岛市。

当我从冬季晴朗的萨摩上空俯望浮现在平静海面上的樱岛时，再次深切感受到和平的珍贵。

太没情调啦

情人节快到了。

昨天，我去银座某商厦购买附赠裁剪优惠券的衣料并定制衬衫，看到巧克力柜台前疯狂般拥挤不堪。

当然，聚集到此的全是女顾客。

她们可能是在挑选既精致又美味的巧克力糖果。难道是给自己吗？我估计那些巧克力的去向恐怕是男朋友、男上司或老公。

毋庸赘言，情人节巧克力是女子向男子表示爱情、好意和感谢的礼品。

在巧克力柜台前聚集了这么多女顾客，应该将此看作女性对男性爱情告白逐年盛行的证据吧。

如此说来，最近又开始流行"婚活"这个词。据说，从30多岁到40多岁的单身女性积极接近男性的各种活动相当盛行。

"婚活"的最终目的当然是结婚。

总而言之，女性似乎对"结婚"这个词抵抗力较弱。这一点，从很多女性容易被"咱们结婚吧"这句话引诱而遭到各种诈骗和伤害即可看出。

然而与此相反，近来男性却对结婚并不那么热心。

据说最近的趋势是，他们更热衷于宅在家里攒钱，独自享受个人喜欢的生活。

这方面的话题我想另找机会再谈。在现如今这个冷峻的时代里，有没有什么方法能让男女更加密切接触，更容易地打开结婚殿堂的大门呢？

怎样做才能让多少互有好感的男女下定决心结婚呢？

此时能起决定性作用的就是从男人口中说出的"我喜欢你哦""咱们结婚吧"这样的话。

无论"婚活"怎样盛行，如果到最后男人没有俘获女人心的强烈意愿则毫无意义。

然而，男人到了这种时刻却总是止步不前。因为男人比女人所想象的更加腼腆怯懦且爱撑门面，所以他们总是担心"如果主动示爱会不会被拒绝""要是太尴尬该怎么办"。

而且他们还会左思右想、犹豫不决——现在表白吗？也许还有更容易说出口、氛围更合适的时机。

这里有个问题就是，现如今这个时代太没情调啦。

这并非是说在某个店或某个场所太没气氛这种个别性的问题，而是说当代社会本身就有种奇妙的呆滞感，过于缺乏情调。

从最近流行的歌曲等也能明显看出这种倾向。

也许那些歌曲本身节奏感很好，而且大家唱得也挺好，却感受不到沁润心腑的情调。

这倒不是说只有"怀旧旋律"最好，但老歌中更有情调、有韵味，还有悄悄话。

然而，现如今即使是在众多年轻人聚集的所谓夜总会，也只是狂热喧嚣而毫无情调，感觉就像是去品尝大众中的孤独。

或许有人说拘泥于情调太过时了。但是，男人如果没有情调这种背景，要想鼓足勇气向女性求爱并不那么容易。

总是被迫在这种没有情调和气氛的环境中硬撑，导致整天闷在自己窝里的懦弱男人越来越多——也许这就是现实中的状态。

在我还年轻时,日本到处都充满了人情味。

亲子关系自不必说,从街坊邻居之间到朋友之间,全都那么富于情调。而且,当时流行的歌曲,以及餐厅和咖啡馆里都充满了情调。

而现如今涩谷、新宿自不必说,即使去了六本木和赤坂,虽然也有那么几个喧闹的场所,却几乎没有充满情调的地方。甚至连银座也是同样,虽然也有夜总会和酒吧,却没有适合在聚餐后单独相处示爱和被示爱的场所。

长此以往,就算双方互有爱意,但真正成为情侣的机会却大大减少。

与此相比,以前确曾有过很多适合谈情说爱的场所。

例如舞厅,在那里一起跳华尔兹或伦巴乃至贴面舞,表达爱意的话语自然会脱口而出。

而且,晚上走进夜总会,里面只有餐桌上烛光闪耀。坐在那里聆听钢琴和小号慵懒的旋律,浪漫情调油然而生。

即使不去夜总会,在充满浪漫情调的酒吧和夜总会里促膝欢谈,也会自然产生表达爱意的冲动。

与那个时期相比,现如今几乎毫无情调可言,连男女谈情说爱的场所似乎也很难找到。

现如今流行"婚活"之类，变成了女追男的时代。然而，最为关键的男人们却萎靡不振了。这是为什么？

现如今条件改变了，男人单身生活都很方便，这或许也是原因之一。不过，我觉得根本原因还是现代社会太缺乏情调啦。大家怎么看呢？

可惜了人才

"白金·薮之会"在我事务所附近的餐馆里举行。

不过，我想几乎所有人都不明白这是什么意思。

所谓"薮之会"就是我和我周围各出版社编辑们的集会。

因此，所谓"白金·薮"就是指曾当过我的责任编辑而现已退休的那些编辑们。

这次除了两名编辑因病缺席之外，有 20 多位成员参加聚会。大家的年龄都在 60 岁到 75 岁之间。

他们在我 35 岁到 60 岁期间，曾担任过我的责任编辑。

时隔多日大家一起吃饭，推杯换盏之间各自报告近况。

我这时才了解到，他们中有相当多的人在退休后都得了这样那样的病。

因为大家都已过了 60 岁,所以生病在所难免。但也有不少人深感意外——自己在职期间曾那么健康!

不过,也有很多编辑在退休后会去当大学讲师或评论家,健康状况也还不错。

与其相比,那些普通公司的职员以及曾在大公司身居要职的干部退休后,有相当多的人患上了某种癌症、心脏和消化系统等疾病。

虽说他们确实年事已高,但患病者为何如此之多呢?

很多人都会认为,一般来说,白领阶层从公司退休后在精神和身体等方面应该都很轻松。

然而,为什么退休几年后患病者会越来越多呢?虽然有些不可思议,但这与离开工作岗位突然赋闲不无关联。

我再次注意到,有些人虽然年事已高却仍在干劲十足地工作。

我周围的人们,包括我这个小字辈,身体也都挺硬朗。

某位男士一边让我看他记事本里以分钟为单位安排的日程一边说"好忙、好忙",却从未显露过衰老迹象。

看到这样的现实,不能断定单纯的身体衰老就是唯一的病因。

从另一方面来讲,退休之后无所事事且不为社会需要,这种失落感或者说失去生存意义的感觉反倒会使身体衰老患病。

此时,我想起很久以前某茶屋一个老艺伎说过的话,因为太清闲所以会生病。

我当时还很年轻,所以心想,这怎么可能?

虽然那些疾病都各具其名,但从病因来看或可称之为"清闲病"。

尽管如此,有些人虽已到退休年龄却仍能胜任工作。可他们却因退休完全清闲下来而导致患病,真是令人遗憾或者说太可惜了。

实际上,现如今60多岁的人还不能算老,因此规定60岁退休为时尚早,或许70岁退休较为适当。

但是,如果这样做的话,各公司企业人事的新老交替就会停滞,必定招致年轻人的反感。

在这种情况下,可以考虑对60岁退休人员采取再聘用措施。

比如以低薪返聘60岁以上退休人员从事与其退休前职业相关的工作。难道这样不好吗?

大多数退休人员的想法是,对低薪并不特别介意,而希望继续在第一线工作，这会使人生更有意义。

若能满足这样的希望，让他们参与新的工作，这些一退休就只领取养老金或躺在病床上的人就会变成纳税人，所以肯定能给国家带来巨大利益。

总而言之，在现如今的日本，闲居无业的优秀人才实在太多。

"历女热"的前景

我的某个朋友去参加婚宴,看到新郎披挂日本战国武将盔甲,新娘扮成武士妻子的模样出场。

我的朋友深感诧异,这是怎么回事?又看到身穿古装的新郎新娘一起切分蛋糕,然后接受大家的祝福。这无疑是所谓"历女热"的余波。

也许有很多人并不了解。近年来,沉迷于历史特别是战国时代并爱穿古装的女性越来越多。据说,这是一群对历史怀有强烈兴趣的女性,简称"历女"。

我的朋友参加婚宴时所见新娘正是这种"历女",所以新郎才会照她的要求穿戴盔甲吧。

二位新人是否并肩而立摆出武士人偶的架势暂且不说,但这种流行确实非常奇妙。

实际上，售卖日本战国武将相关商品的店铺近来有所增加，据说那里"历女"爆棚。如此看来自然可以理解，这种"历女热"就是现代众多女性心愿的产物。

首先，现如今战国武将之所以在女性中人气高涨，就是因为他们既有穿戴盔甲威风凛凛的英姿，还有勇猛果敢和当机立断、雷厉风行的做派。在女性们眼中，这些都是坚实可靠的真正男子汉形象吧。

虽说如此，为什么战国武将的形象现在突然广受关注了呢？据说，这都是因为如今的日本年轻男性太不靠谱。

如今的年轻男子长相温顺，而内心也优柔寡断缺少主见。他们遇到任何事情都谨小慎微、畏缩不前，即使有自己喜欢的女性也不敢正面坦率表白。

以前女性们就曾这样抱怨，而现在终于扩展为滚滚浪潮兴起了"历女热"——如此推断亦无不妥。

总而言之，似乎可以认为"历女热"就是发自女性的激励或督促："男人们啊！你们要像战国武将那样威武豪壮、大振雄风！"虽说如此，女性们也真是太自私任性了。

这是因为就在二三十年前，女性们还总说"最厌恶趾高气扬自命不凡的男人",并大声疾呼"最喜欢体谅女人心情的温柔男人"。

实际上,就在这几十年中,男人们接受了那些女性的要求并努力变得更加温柔体贴。

可是,突然有一天她们说"这种娘娘腔男人最讨厌"。因此,男人们一时茫然不知所措也情有可原。

前文所说那个在婚宴上穿戴盔甲的新郎或许貌似男子汉,但我想他的精神状态却未必也能轻易转变过来。

而且,女性们的心情或许很快还会发生转变。

那些战国武将确实颇具男子汉气概,判断能力和行动能力也许很强。不过,明确地讲,他们就是一个杀人集团。正因如此,他们才总是盔甲加身、挺矛挥刀冲锋杀敌。

而且,当时是压倒性的男性中心社会,武将们为了自己的领地和官位会满不在乎地送父母和孩子去当人质,还会无视女儿的意愿逼其出嫁。其实在乍看貌似大胆决断的背后,隐藏着无情的谋算和利己主义。

而"历女"们对此究竟了解多少呢?她们是不是忽略了这一点,仅仅看到战国武将们表面貌似威武雄壮呢?我心存忧虑。

这种倾向与时代变迁不无关联。在远古的原始社会,人类时刻处于遭遇猛兽袭击的恐惧之中,所以女性对与猛兽搏斗、保护自己的男人都很放心并予以赞赏。

而后来随着时代变迁,各地形成各式各样的人类社会并出现了侵略者。因此,必须有人保卫自己的部族和国家。

这时就需要男人们勇敢地与侵略者进行战斗,而受到保护的女人们都特别感谢他们。

但是,后来战争减少,和平时期持续过久。另一方面,由于各领域都实现了机械化,所以需要强壮体魄的重体力劳动越来越少,大都是敲敲电脑键盘就能完成的工作,女性也完全能够胜任。

如此一来,男人发挥长项的舞台和得到女性赞赏的机会全都消失殆尽,其结果只能是男人变得更加女性化。

如此想来,"历女热"也许就是走向"无性别差异"时代的第一步。

寻求平安的京都

如果听我说"京都不是平安京",很多人都会感到惊讶吧。

他们会反驳:"那怎么可能?早在794年桓武天皇从长冈京迁都之后,京都就作为平安京繁荣发展到幕府时代末。"

但明确地讲,我的实际感觉是——在这里极少能看到平安京的风貌。

我计划写作一部以平安时代为舞台的历史小说,所以近来常去京都。

我在京都追寻那个时代的神社寺院以及建筑物,可保留至今的遗存却少之又少。例如,说到京都的寺院,人们首先想到的就是金阁寺和银阁寺。

但是,金阁寺是室町幕府的第三代将军足利义满在1397

年创建,而银阁寺也是由第八代将军足利义政开始营造。

我想已有很多人注意到,经过平安末期的"保元之乱""平治之乱"以及室町时代长达 10 年的"应仁之乱",平安时代风貌的建筑物几乎完全被损毁。

如果平安京当时也像欧洲那样采用坚固的石材修筑,如今的京都必定是另一派风貌。

将平安时期与室町幕府以后的神社寺院相比,首先引起我关注的是平安时期建筑的宏大构思和豁达豪放的气度。

比方说,如今京都所保留的室町时代以后的神社寺院几乎都比平安时代的规模小,池塘和庭院的形态等也显得含蓄而幽静。

银阁寺自不必说,即使是像金阁寺那样的华丽建筑,其根底也仿佛弥漫着与生死相连的虚无感。这里或许就隐藏着每时每刻都与死亡对峙的武士们的宗教观。

与其相比,平安时代的遗存却呈现出压倒性的敞亮恢宏。

如今仍能窥见平安时代风貌的建筑有京都南部的城南宫和东本愿寺附近的涉成园等,进入其中即可看出它们与室町时代建筑之间的明显差异。

首先能看到,这些庭院的正中央有座小山,潺潺细流曲曲弯弯绕山缓缓流淌。

这就是所谓"遣水"（引入园林的溪水）。古代贵族举行"曲水之宴"时，与会者各自坐在流水转弯处。他们须在酒杯从上游漂过自己所坐位置之前完成一首诗，并端起酒杯饮酒。

如此这般，即使是一座庭院，也可鲜明地显示出平安贵族的豪奢生活和游乐兴趣。

当然，如今依旧保留平安时代风貌的应属京都御所。不过，这里向公众开放的部分有限，很难看到内部深处的情状。

在这种状态下要想象平安时代贵族生活的空间和实景，究竟该怎样做呢？

就在前几天，我走访多地之后终于找到了贵重资料。

这就是位于京都下京区的风俗博物馆。

这里有座相当于原尺寸四分之一的建筑模型，以"源氏物语·六条院的生活"为主题，准确地再现了光源氏的豪华寝殿。

看到这座模型，即可从正面到背面以及正上方了解当时寝殿建筑的全貌。

在寝殿各个房间和走廊里，还陈设着身穿当时服装的贵族及女官的模型，观众也能实际感受到平安时代贵族生活的原状。

另外，在分馆里还如实地展示着当时的帷帐、竹帘、格窗、寝床、文台（几案）、砚盒、烛台、灯笼乃至牛车等物件。

除此之外，还有按当时款式裁剪制作的女式"十二单"（朝服）以及各种罩衫，观众也可以用手直接触摸。

这些确实都是豪华且精致的实物资料，并非由国家或厂家制作而成。这些实物展品都由痴迷于平安文化的工匠井筒与兵卫在研究过程中自己动手制作完成的。

这确实堪称技艺精湛。拥有如此能工巧匠也是京都文化博大精深的一个方面。希望各位在走访京都时，也一定来这里实际感受一下平安时代的贵族生活。

京都四月

京都的四月正是樱花盛期。

京都的樱花季节相当长。

其原因就是京都这座古城周围群山环绕,海拔高度差别较大。

实际上,即使圆山公园和鸭川河畔的樱花全都凋落,仍可去东边的山麓和北边的金阁寺以及原谷苑饱览盛开的樱花。

在距今 30 年前,我也曾写过以京都为舞台的小说。当时,我因看到原谷苑的樱花而深受感动,随即将其加入作品中。我常常怀念那段经历。

那时走访此地的游客很少,而如今却人头攒动热闹非常,想必那都是忘了观赏市内樱花的人们。

原谷苑的樱花以山峦和绿树为背景,所以色彩格外美丽。

与此相比,东京霞关一带的樱花却与周围白色建筑重叠,淡化了难得的美丽而令人惋惜。

虽说如此,京都的樱花季确实相当长。即使4月过去一半,再去仁和寺仍有独特的晚开樱花令人赏心悦目。

另外,离开市内乘坐缆车去山区,也能观赏到烂漫的樱花。像这样有周围山峦陪衬且种类繁多,就是京都樱花乐趣无穷的缘由。

在京都的四月还有一种花绚丽绽放,那就是祇园的"都踊"。

据说,这个舞蹈的起源是为了让因迁都而被冷落的京都古城重新活跃起来。现如今每年的四月1号至30号期间,观众依然场场爆满。

我前往祇园观赏"都踊"。因为通过某茶屋代购入场券,所幸得到了较好的位置。但是,听说很难在当天买到入场券。

在观赏"都踊"之前,二楼大客厅里有招待茶席,由艺伎和舞伎为观众倒茶。这里还有不少外国人,他们正襟危坐饮茶的样子令人忍俊不禁。

在茶席之后,由艺伎舞伎表演的歌舞华丽登场。

这"都踊"的舞台——歌舞练场的观众座位多达近千,堪称豪华。

除此之外,还有先斗町的"鸭川踊"、祇园东的"祇园踊"、宫川町的"京踊"、上七轩的"北野踊"等,都是各街区艺术团体演出的盛大歌舞,真是美不胜收。

不过,其场面之盛大和舞台装置之华丽都比不过"都踊"。

当然,如今的祇园与过去相比,已经发了相当大的变化。

我曾在三四十年前来这里玩过,当时的艺伎和舞伎几乎都是祇园街"茶屋"和料理等店主的女儿。

即便不是在祇园街出生,但她们也几乎都是自幼被本地人家收养长大的女孩。

总而言之,以前的艺伎舞伎都是地道的京都女子。可是,近来却有不少女子来自大阪、四国乃至北海道等全国各地。这样一来,相貌美丽且热心钻研技艺的艺伎舞伎就会有所增加。因为她们都很年轻,所以京都方言也一定学得很快吧。

可是,前些天我在茶屋问一个舞伎"哪里出生?",只听对方回答说"东京"。当时我感到有些扫兴,但也能理解这是时代潮流。

以前年轻舞伎在转为正式艺伎时,就会有人愿意为其出资并成为资助者。但是，现在像这种风流男子也已消失殆尽。

另外，据有些资助者讲，"都踊"的最大乐趣，就是看到周围游客痴迷地称赞自己所资助的艺伎"好漂亮啊"。而现如今，这样的男人也已销声匿迹。

虽然四月的京都依旧华美秀丽，但时光流变也从未停歇瞬间。

编后记

  本书作者渡边淳一为日本知名文学大师、国民作家。渡边淳一在文学创作之余,还对日本一些社会现象进行了批判性思考。这些深刻思考的结果,很多以随笔的形式记载了下来,有关于风景旅游的,有关于医疗卫生的,有关于婚姻生活的,等等。阅读这些文章,可以看出作者善以画家般精湛的笔触描写秀丽的大自然,以外科医师般犀利精准的笔锋深入剖析社会现象,并以哲学家般的逻辑思维提出解决问题的方案,读者从中能感受到一位知名文学家对人类社会发展所具有的使命感和责任感。

  本书收录的是渡边淳一2008年5月到2009年5月在日本《周刊新潮》上发表的部分文章。在中文版编辑出版过程中,出于保持文章完整性的考虑,对于文章中某些时间段的描述记载沿用了原版书中的文字描述。此外,还对个别地方酌情进行了处理。

  由于时间仓促,编者水平有限,书中如有不当之处,欢迎读者不吝指正。

编者

日本文学·畅销·随笔

ISBN 978-7-5736-0287-9

9 787573 602879 >

定价：39.00元